달을 훔치는
바람

달을 훔치는 바람

발행일　2022년 8월 5일

지은이　김승덕
펴낸이　손형국
펴낸곳　(주)북랩
편집인　선일영　　　　　　　　편집　정두철, 배진용, 김현아, 박준, 장하영
디자인　이현수, 김민하, 김영주, 안유경　　　제작　박기성, 황동현, 구성우, 권태련
마케팅　김회란, 박진관
출판등록　2004. 12. 1(제2012-000051호)
주소　서울특별시 금천구 가산디지털 1로 168, 우림라이온스밸리 B동 B113~114호, C동 B101호
홈페이지　www.book.co.kr
전화번호　(02)2026-5777　　　　　　　팩스　(02)2026-5747

ISBN　979-11-6836-460-8 03810 (종이책)　　　979-11-6836-461-5 05810 (전자책)

(주)북랩 성공출판의 파트너
북랩 홈페이지와 패밀리 사이트에서 다양한 출판 솔루션을 만나 보세요!
홈페이지 book.co.kr　•　**블로그** blog.naver.com/essaybook　•　**출판문의** book@book.co.kr

작가 연락처 문의 ▸ ask.book.co.kr
작가 연락처는 개인정보이므로 북랩에서 알려드릴 수 없습니다.

김승덕 첫 번째 산문집

달을 훔치는 바람

천국에 가야 할 터인데,
대체 찾을 수가 없네!

 북랩

　창작의 개념이 무에서 유를 창조한다는 개념을 충실히 따른 천재적 재능을 지녔다는 이야기는 이미 지나간 설로 뒷방 신세가 되었다. 플라톤이 얘기한 이미 존재한 것에 대한 가상적 표현에 불과하다는 것이 훨씬 정직한 표현이다.

　해 아래 새것이 없다는 예술가들의 창작적 개념은 각색을 형상화한 편집의 표백 처리에 불과한 개념적 풀이다.

　이런 원론을 풀어놓고 시작하는 것은 독자님들의 긴장과 기대감에 대한 이유 있는 반론이 되기 때문이다.

　여기 산문집 속에는 여러 장르가 혼성되어 있다. 그래서 산문집의 형식적 분류의 기본적 취지에 매우 적합한 범위라 여기며 글쓴이는 의외로 심리적 안정감을 느낀다.

　이 글들은 글을 배우는 사람으로서의 본분을 성실히 이행하며 세월 속에 묵혀둔 과실들을 내어놓는 소중한 시간이라 더욱 기쁘다.

이번 산문집은 열심히 배움에 증진하는 길목에서 따놓은 과실 같은 열매들이다.

탐스럽게 익은 과실들을 하나씩 따서 정성스럽게 포장하는 느낌이다.

혹여 익지 않은 열매들이 있어, 입안에 고통을 주는 일이 없을까, 노심초사하는 마음도 있다.

운문이 주는 테두리를 벗어나, 여기저기 기웃거리며 자유롭게 활보하는 자유인의 평화스러운 모습이라 여기니, 한결 발걸음은 가볍다.

단지 제4부에 지성에서 영성으로 표제에 따르는 글들은 신앙인으로 영적 시각에 따른 사물을 바라보는 습관의 산물이라 여기며 편협한 사고를 넘는 이해가 있으시길 바랄 뿐이다.

방금 딴 수박의 배를 열고 단맛을 느끼려는 농부의 마음이다. 과연 얼마나 달까?

여기의 글들은 여러 가지로 모여 있다. 산문시, 서평, 영화평, 희곡, 소설, 기타 문학이 지향하는 장르별로 끌어다 놓았다.

분명한 사실은 정성을 다하여 하나로 엮었으며, 예를 다하여 독자님들에게 선물하고 싶다.

때론 정도에 미치지 못한 미숙한 표현이 있더라도 일천한 사람이라 여기며, 곱게 보아주시면 감사할 따름이다.

부디 넓은 혜량 있으시길 바라옵고, 건강 내내 행복하시길 기원합니다.

그리고 편집으로 고생하신 출판사 ㈜ 북랩 직원 여러분께 감사의 말씀 올립니다.

끝으로 늘 지성에서 영성으로 기꺼이 인도하시는 하나님께 감사의 박수를 보냅니다.

감사합니다.

2022년 7월

영도 외딴섬에서

김승덕

차례

♡♡♡

2부_____남자 3호는 외롭다

3부_____코스모스

4부 _____ 지성에서 영성으로

1부

친절한 반격

상소문 (비하인드 스토리)

냥이에게 생선을 맡기고 주인은 당부했다. 절대 이걸 먹으면 너는 죽는다. 알았지! 하며, 신신당부했다. 냥이는 그러겠노라며, 눈빛이며 고개까지 끄덕였다.

주인은 시장에 볼일이 있어 장 보러 가는 길이었다. 주인은 생각했다.

우리 냥이가 생선을 훔쳐 먹을까? 안 먹을까? 아무리 생각을 해봐도 냥이는 먹을 것이다, 하는 결론에 도달했다. 주인은 부랴부랴 볼일을 마치고 가게로 돌아와 보니, 아니나 다를까 눈 여겨둔 생선은 온데간데없이 사라져버리고 없었다. 주인은 냥이를 불렀다.

죄인처럼 불려온 냥이는 고개를 숙이고 눈망울만 깜박거렸다. 분명히 얘기했지, 이 생선 먹지 말라고, 먹는 날에는 죽는다고 했지, 하며 고성을 질러댔다. 그리고 화가 난 주인은 냥이를 잡아다가 일렁이는 바닷속으로 던져버렸다. 생선이나 실컷 잡아먹으라며, 악담을 퍼부었다. 마침 마을에 공동의회가 열렸고, 이 문제를 의제로 토론에 들어갔다.

참가한 어르신들은 모두 왁자지껄하며 이구동성으로 주인이 잘못했다며, 직무 유기를 한 건 냥이가 아니고 주인이라고 나무랐다. 냥이는 생선을 너무 좋아했고, 탐하는데, 그 성미를 모를 리 없는 주인이 생선을 맡겼다는 것은, 모순이요 환상을 꿈꾸는 이상론자라 하며 오히려 주인을 꾸짖는 소리가 여기저기서 들려왔다. 애꿎게 쫓겨난 냥이는 살기 위해 거친 파도를 맞아가며 고기를 찾아 온종일 수고와 땀을 흘리며 돌아다녀야 했다.

에덴동산의 이야기는 이와 흡사하다. 이브에게 선악과는 냥이에게 생선과 같은 존재였다.

알파와 오메가이신 그분께서 이브의 거룩한 속내를 모를 리가 만무했다.

만일이라는 설정, 생선을 맡기지만 않았다면, 지금 이 두꺼운 성경책을 읽지 않아도 되었을 텐데 말이다.

점집과 고스톱 뒷장

"안녕하세요. 이나미입니다. 26세이고요, 부산 대연동에서 친구 소개로 왔어요."

"그래. 시집을 가고 싶은 게로구나. "너도 고집이 세고, 남친도 고집이 세구나. 둘 사이는 좋은데, 주위 사람들이 별로 안 좋네, 너희 둘 사이를 이간질하고 있어. 그리고 너 시아버지 작년에 위암으로 돌아가셨지, 시어머니는 학교 선생질했지."

"어머 그걸 어떻게…."

"너희 엄마는 예술 끼가 많아, 평범하지 않지!"

아니 어떻게 이렇게 환히 보고 계실까?

"엄마한테 전화해서 이번 사업하려는 것 못하게 해! 대구 놈이 사기꾼이야! 겉으로는 선한 목사 같아도, 그 사업 시작하면 6개월 번뜻하게 시작하다, 그놈한테 완전히 걸려들어 쫄딱 망해! 전화해 줘."

물어보지도 않은 엄마 얘기까지 여차여차한다.

"너희 둘은 좋은데 주위 환경이 안 좋네, 그리고 그놈은 한 명으론 끼를 채울 수 없어, 바람기가 많네." 하면서 엽전 대여섯 개를 집어서 만지작거린다. 상 위로 던진다.

그녀의 숨소리는 쥐 죽은 듯 고요하고, 시선은 점쟁이에게 꽂혀 있다.

손으로 별 세듯 신기를 중얼거리며 헤아리고 있었다.

우리는 5분 후를 모르고 살아간다. 과연 나의 운명은 어떻게 될까? 하며 타로 집을 찾든, 점집을 찾든 미래를 돈 몇 푼으로 확인하려 든다.

무엇이든 심약한 마음에 안정된 기대 심리와 그 말을 듣고 싶어 그곳으로 달려간다.

명절이 되어 아줌마들이 모여 고스톱을 친다.

점쟁이 정 씨 아줌마도 끼어 있었다.

그날 이상하게도 정 씨 아줌마는 고에 피박 거기에다 광박까지 왕창 독박을 쓰고, 48,000원을 잃었다.

점괘는 미래에 대한 예측 능력이다. 이 분야에 그렇게 훌륭하신 분이 설마 고스톱 뒷장을 모르시려고…?

뒷장은 운명의 흐름이다. 고스톱의 뒷장은 절대적이다. 또한, 인생의 뒷장도 그렇다.

하지만 점쟁이는 귀신을 불러 뒷장을 설명한다.

아이러니하게도 그날 정 씨 아줌마는 상당한 쌈짓돈을 잃었다. 가까이에 있는 고스톱 뒷장을 몰라 가진 쌈짓돈 일부를 다 잃었다.

점집과 고스톱 뒷장의 역설적인 현장을 차마 몰라서일까?
대연동 미스리는 심심하면 용하다는 안락동 점집을 멀리서도 잘도 찾아 나선다.

"붉은 립스틱을 짙게 바르고"

장안사로 가는 길

오후 3시경 안락동 대로변에서 전화를 받고 기다리고 있었다. 차선을 하나 차지하고 있었기에 조바심이 났다. 전화 대기 중입니다. 도롯가기에 손님 빨리 와 주서야 합니다.

목소리는 다급함이 묻어나 걱정이 잔뜩 담긴 목소리로 상대편에게 전달되고 있었다.

한참을 기다린 후에 중년을 넘은 한 여자가 가슴에 하얀 포대기를 안고 택시에 올라탔다.

그리고 뒷문을 닫지 않고 있었다.

"손님 문 좀 닫아주세요."

우리 딸이 탈 거라며 조금만 기다려주세요, 한다.

그곳은 동물병원 앞이었다.

이내 딸이 올라타고 간신히 출발할 수 있었다.

강아지일 거라는 직감에 "많이 아픈가 보죠." 묻는다.

"네, 많이 아파요."

차마, 죽었다는 말을 그의 입술로 발설하기가 두려웠던 모양이었다.

"몇 살이에요?"

"19년 같이 살았어요."

기사는 주제넘게 보통 15년 사는데, 오래 살았다며, 죽음을 애달파하는 유족에게 염장을 질렀다.

아차 실수했구나 싶어, 입술을 굳게 다물고 뒤 칸 동태를 유심히 살폈다.

워낙 청각 훈련이 탁월한지라, 모녀간에 얇은 목소리도 귀청을 소홀히 지나가지 못했다.

중년 여자의 흐느끼는 울먹임이 폭포처럼 쏟아져 귓등을 마구 두드리고 지나갔다.

연신 내 잘못으로 우리 나비가 갔구나 하며 이 불쌍한 것 하며 엄마가 슬피 운다.

"흑흑흑…" 흐느끼는 여인의 목소리가 차 안을 짓누르며, 어진 감성을 마구 흔들고 있었다.

"엄마! 패혈증이래. 나비가 고통이 심하니까 의사 선생님께서 혈관 주사를 통해 안락사시킨 거야."

못내 서글펐든지, 여태껏 잘 참았던 딸도 훌쩍훌쩍한다.

"아주머니, 화장지 뒤쪽에 있어요."

기사는 분위기를 감지하고는 성실히 도와주고 있었다.

엄마는 현실이 믿기지 않는지, 딸을 바라다보며

"아직도 나비 몸이 따뜻하다⋯" 하며 또 통곡한다.

장안사 가기 전에 얼굴 밑으로 목욕시키고 가자며, 딸의 붉은 눈을
마주하며 내뱉는다.

19년 같이 산 나비를 보내는 모녀의 가슴에 비가 내린다.

낮엔 따갑고, 세상은 정신이 없는데, 모녀의 가슴에는 인생의 쓰라
린 비가 촉촉이 내린다.

"이제 누가 내 텅 빈 가슴을 채워줄까?"

흔들리며 외로움에 쓰러진 수없이 많은 날을 재롱과 사랑으로 나
를 지켜줬던 나비.

"나비야, 네가 가면 난 어떻게 살아? 이 텅 빈 가슴, 이제 누가 지켜
줄 건데."

"나비야" 하며 슬픈 비를 끊임없이 뿌리며 오열한다.

정이란 게 이렇게 무서울 줄이야!

장안사로 가는 길 나비는 춤을 추며 수심을 묻지 않았다.

죽은 사회의 시인

"너 죽을래? 어허이, 너 죽는다잖아."

안경 뿔테에서 솟구치는 서슬 퍼런 독기가 방안 가득히 퍼졌다.

"이 사람아, 나 좀 봐줘, 지금은 안된다잖아. 왜 이리 말귀를 못 알아들어, 어허이."

연신 사직서를 내미는 후배 판사에게 똥물을 퍼붓고 있었다.

사회가 죽어가고 있는데 강 뼈다귀 시인들은 어디서 무얼 하시는지?

"헐, 개뼈다귀를 구워 먹든지 삶아 먹든지, 뭔 상관들이야, 당신들이 표를 주고 180석을 만들어 줬잖아, 왜 인제 와서 지랄들이야 재수 없게… 고양이에게 생선을 맡겼으면 훔쳐먹든, 쳐 말아 드시든 뭔 상관이야… 민주주의잖아, 데모크라시도 몰라."

사무실을 나서는 후배 눈가에는 검붉은 이슬이 흘러넘쳤다.

정의란 무엇인가에 대한 셀 수 없는 배움의 책들이 온 방 안에 가득 둘러싸여 자신을 보고 있는 것 같아 주체할 수 없는 설움에 입술을 깨물었다.

금방 터져 나온 선분홍 빛 선혈이 목을 타고 심장으로 향하고 있었다.

사무실을 빠져나와 현관문을 나설 때 염치없는 하늘은 아무런 일이 없는 듯 점하나 없는 멀쑥한 차림이었다.

재수 없게⋯.

갑자기 안주머니에서 휴대전화를 찾아들고 시골에 계시는 어머니에게 전화했다.

뚜뚜⋯. 신호음이 두 번을 지난 후,

"여보세요." 하고 여전히 사랑스러운 어머님의 목소리가 가늘게 들려왔다.

"성호 아바이, 어쩐 일이고?"

"어머니 목소리 듣고 싶어 전화 안 했습니까?"

"아이고야, 성호야! 니 어찌 목소리가 그렸노? 어데 아프나?"

엄마의 직감은 아들의 영혼을 직접 관통하고 있었다.

"아입니더, 아프기는 예, 괴안심니더."

"성호 아바이야!

힘들면 고마 좀 쉬어라, 그간 고생 많았다이가.

시골 와서 엄마하고 고마 살자."

엄마의 따뜻한 음성은 세월이 더할수록 따사로웠다.

"아이고, 우리 엄마 밥 얻어먹게 생겼네!

와 이래 좋노.”

엄마표 솥단지가 스쳐 지나갔다.

‘우짜던둥 배워야 이긴다’라는 생각에 자식 하나 잘 만들려고, 새벽
마다 빌고 비시던 그 눈물을 어찌 잊을 수가 있겠는가? 엄마의 눈물
을 아이러니하게 지금 내가 흘리고 있다니….

능선에 올라 헐벗은 몸 뒤로 십자가에 달리는 자신의 처지가 너무
도 따갑고 슬펐다.

‘그대여!’

힘내시게나 우는 자 옆에 계시는 하늘이 있지 않은가?

고구마

흰 머리카락이 바람에 흩어져 얼굴 미간을 어지럽히고 있었고, 일흔 후반이나 되어 보이는 할머니는 뭔가 골똘히 생각했든지 갑자기 옆을 지나는 사람을 붙잡고 낮은 목소리로 말한다.

"여보시게 젊은이, 길 좀 물어봐도 되겠나?"

"네, 말씀해보세요. 할머니."

"천국에 가야 할 터인데, 대체 찾을 수가 없네.

자네가 아무래도 눈이 밝아, 길도 많이 알 터이니, 좀 일러주지 않겠나?

천국에 꼭 가고 싶네. 저 우주 공간 어디에선가 날 기다리는 그곳 말이야.

근데, 우주 어느 행성이 내가 가고 싶은 천국이 그곳에 있는 게 맞을까? 젊은이, 말 좀 해보게."

젊은이는 할머니의 생뚱 같은 질문에 고개를 떨구며 말한다.

"할머니! 그곳은 몹시 춥거나 뜨거워서, 할머니가 살 수 없을 텐데요"

그리고 젊은이는 문득 이런 생각이 들었다. 메시아가 창조한 천국의 공간이 우주의 공간에 있을까? 아니면 선을 넘어 또 다른 차원의 시공간에 있을까? 하며 할머니의 간절한 천국에 대한 환상과 판타지 생각으로 저도 모르게 미로의 천국을 찾고 있었다.

수많은 은하의 세계에서도 그들은 서로를 시기하며 부딪히고 떨어져 생명의 순환을 반복하고 있을 텐데, 할머니가 편히 쉴 수 있는 곳이 어디일까?

꼭 가르쳐드리고 싶은데, 갑자기 할머니 눈가에 이슬이 고였다. 점점 희박해져 가는 천국에 대한 꿈이 사라질까 봐, 전전긍긍하는 미련의 모습이 역력했다.

"자네도 알다시피 여태껏 나는 천국을 품고 살아왔다네, 세상의 인간들이란 볼수록 정머리가 떨어지거든, 천국에서 정말 낙원에서 말이야, 이젠 자유롭게 살고 싶단 말이지…"

하소연하는 눈빛에서는 꼭 천국에 가야겠다는 믿음이 흘러넘쳤다.

자유 같은 게 정말 있을까…?

젊은이는 테스형을 부르고 싶었다. 정말이지 천국이 있다면, 할머니 손을 꼭 잡고 그곳에 데려다주고 싶었다. 갑작스러운 추위에 발걸음은 모두 총총거렸고, 가상의 세계에서는 부지런히 트랙을 돌고 있었다. 마침 거리 옆 구석에는 고구마를 구워 파는 할아버지가 계셨다. 일흔을 훌쩍 넘은 것으로 보였다. 콧등이 빨갛게 고추처럼 익어 있었고, 생기 어린 고구마가 화로 속으로 줄지어 들어가고 있었다.

"할아버지 오천 원어치 두 봉지만 주세요." 하며 세종대왕님을 공손히 드렸다.

하늘에선 회색빛 치마를 입고 있었다. 눈이 올까 말까 하는 태양의 희미한 눈짓을 이해하기 어려웠다. 할아버지는 익숙한 손놀림으로 천국으로 들어간 고구마를 봉지에 싸고 있었다. 검게 타버린 등 위로 따뜻한 온기가 피어올랐다. 할아버지는 정해진 개수보다 하나를 더 넣어 주셨다.

"할아버지 안 그러셔도 되는데요." 왠지 수고스러움에 죄가 되는 듯했다.

"젊은이 고맙네, 맛있게 드시게."

할아버지의 붉은 장갑 위로 태양이 굴러다니고 있었다.

"할머니 이거 고구마인데요, 얼마 안 되지만, 집에 가서 드셔요, 할머니는 착하셔서 꼭 천국에 가실 거예요.

할머니는 걱정 안 하셔도 고운 안내자가 정성스럽게 그곳으로 안내할 거예요. 언제일지는 몰라도 가게 되면 그곳에서 만나요, 그곳에서도 맛있는 고구마 사드릴게요. 늘 평안히 지내세요." 하며 공손히 인사를 드렸다.

할머니는 연두색 손수건을 꺼내어 눈가를 훔치다가 청년을 잠시 불러 세우고 눈을 감게 한 후 오른손을 머리 위에 얹고 축복 기도를 진심 어린 언어를 데려다가 그의 가슴에 쏟아부어 주었다. 청년도 그 짧은 순간에 갑자기 하늘로 흰 비둘기가 "우르르" 날아가는 모습을 목격하게 되었다. 참으로 묘한 아니 신비스러운 일들이 수 분 만에 일어났고, 몸에 전율을 느끼며 할머니와 동화된 느낌을 오래 간직하고 싶었다.

할머니의 손을 붙잡고 지척에 있는 택시를 불러 할머니를 태워드리고 기사분께 목적지까지 무탈하게 모셔다드릴 것을 당부한 다음, 세종대왕님도 같이 함께 드렸다.

할머니는 연신 "젊은 양반 고맙네." 하시며 오늘 내가 천국을 찾았다며 기쁜 마음의 화색이 온 얼굴에 춤을 추고 있었다.

우주 공간에 하얀 점들의 성체가 오늘도 자전하며 반짝거리는 이유를 아직도 모른 채, 노을은 어제와 다름없이 물들고 있었고, 여전히 손에 든 봉지 속에 천국은 따뜻한 사랑으로 출렁거리고 있었다.

"그래 나도 천국에 가고 싶다."

친절한 반격

신선하게 들려오는 "따르릉" 전화벨 소리.

"여보세요?"

"네, 김은진 학생 집인가요?"

"아, 네, 맞습니다."

"다름이 아니고 여기 검찰청인데 학생이 사고를 쳤습니다."

어디선가 아이 울음소리가 선명하게 들려온다.

분명 저 울음소리는, 막내 아이의 울부짖음과 흡사하다.

갑자기 가슴이 철렁 내려앉는다. 오금이 저리고 입안이 바싹 탄다.

하늘은 노랗고, 어쩌다가 왜?

정신을 차리고 유선에 더 가까이 귀를 기울였다.

냉기가 급속도로 흐르고 있었다. 동부 검찰청 강력계 2부 신모 수사관이라 소개하면서, 이 일을 넘기면 아이 신상에 좋지 않으니, 적당히 합의를 봤으면 좋겠다고 했다.

합의금으로 오백만 원을 보내주시면, 아무 일 없게 해주겠다며, 걱정하지 말라는 당부도 빠트리지 않았다. 지체할 시간이 없으니 빨리 입금해달라는 부탁도 덧붙였다.

가슴은 쥐구멍으로 향하고 시든 단풍처럼 흔들거렸다.

"여보세요, 동부지청이죠. 죄송한데 2층 강력계에 신 수사관이 있으세요?"

"네, 근무 중인데 지금 밖에 외근 중입니다."

"연락처라도 주시면, 아, 아닙니다."

그래도 뭔가 석연찮아 은행으로 가는 길목에서 다시 신 수사관에게 전화했다.

여기 동부서인데 같이 좀 가주실 수 있느냐고 물어봤다.

이게 웬일인가, 다짜고짜 아이 때리는 소리가 들려왔다. 비명을 지르며 울부짖는 막내를 생각하니 가슴이 찢어지는 것 같았다.

차분히 이성을 되찾고, 이놈은 필시 전화 금융사기라는 예감이 강하게 밀려왔다.

"여보세요 젊은 양반, 어디 할 짓이 없어서 애들 데리고 협박이나 하시고, 누굴 바보로 아느냐!"

×××를 총동원하여 그놈의 허파를 찢어 놓았다. 그 저열한 쓰레기가 하는 말,

"네 전화번호 안다." 하면서 공갈을 퍼붓기를 주저하지 않았다.

서로 낯 뜨거운 설전을 주고받으면서 갑자기 전화음이 뚝 끊겨버렸다.

재차 전화를 거니 수신할 수 없는 번호라며 설명이 흘러나왔다.

가슴을 쓸어내리며 하마터면 피 같은 거금을 잃어버릴 뻔했다며, 이마의 땀방울을 훔쳤다.

어느 정도 수습하고 알아보니, 그 시간 작은애는 학원에서 보충수업을 하고 있었다고 한다. 아무튼, 다행이다. 아이도 무사하고 금전

손실도 막았으니, "휴우" 하고 근무를 하는 둥 마는 둥 마치고 피곤한 몸을 이끌고 집으로 향했다.

그날따라 금요일이라 봄나들이하려는 상춘객들이 붐비며 버스 터미널을 장악하고 있었다. 검은 인생의 검은 꽃들을 정리하며 현관문을 열고 들어섰다. 외투를 벗고 있는 사이.

이상한 기류가 몰려왔다. "띵 똥" 하며 벨이 울렸다. 누구십니까? 하고 모니터를 보니 배달원으로 보이는 말쑥한 청년이 눈망울을 껌벅거리고 있었다.

"어쩐 일인데요?"

"아, 네, 피자 20개를 배달 왔습니다."

"아니 시킨 적이 없는데…."

"아닙니다. 오늘 부부 계 모임이므로 아이들까지 오니, 피자 파티한다며 신신당부하며, 시간을 맞추어 달라며 재차 부탁했습니다."

황당한 사건 앞에 고개를 절레절레하고 있는데, 또 다른 배달원이 나타났다.

"치킨 8마리 배달왔습니다.

소스는 특별히 매운맛으로 하신다고 하여 가져왔습니다.

계산은 현금으로 결제하신다며 시간 잘 맞추어 가지고 오라 하였습니다."

친절한 반격이 금요일 저녁 노랗게 시작되었고, 동네 배달원들이 줄지어 서서 아우성을 치고 있었다.

모어 댄 블루 (영화평)

임효경. 대만 감독. 한국 영화 〈슬픔보다 더 슬픈 이야기〉를 리메이크한 영화.

가을날 야외에서 보는 영화, 슬픔이 주는 인간의 카타르시스를 제대로 흥분시키기에 만족할 만한 휴머니티에 충실한 영화 한 편을 감상했다.

야외극장이 주는 외형적 요소 외에도 눈물 없이 볼 수 없다는 신파적 요소가 가득하다며 휴지나 손수건 한 장을 꼭 권했다. 혹시나 없으신 분은 손을 들면 기꺼이 가져다 주시겠다 하신다.

"어라, 제법 하신다. 감독님이…"

누구나 한 번쯤 꿈꾸는 낭만적 관계. 정서적 이끌림이 이 영화를 보는 내내 훌쩍거리는 귀한 광경을 야외극장 수천 명 되는 관객을 사로잡는데, 성공을 거둔 영화였다.

왜 슬픈 이야기일까? 세상에 슬픈 이야기가 한 둘이 아니라서, 별 기대는 하지 않았다.

시나리오 구성은 어떻게 되어있을까? 살짝 호기심을 유발하기에는 충분했다.

야외 수천 명을 가득 메운 영화의 전당 메인 극장에서 출연진이 소개될 때마다 극성스러운 팬들의 환호 소리가 마치 해운대 파도 소리처럼 "와라락" 들려왔다.

사람은 늘 모성을 그리워하듯 사랑을 그리워하고 만지길 좋아한다. 사람이 꼭 해야 하는 사랑에 관한 슬픈 이야기다. 누구나 환경의 모습은 다 다르다. 여기서 케이라는 남자의 환경은 대충 이렇다. 아버지는 백혈병으로 일찍 돌아가시고, 그 유전병으로 아들 케이도 백혈병으로 고생하다가 시한적 인생을 살게 되는데, 그 유한적이고 짧은 시간 속에 사랑을 사랑답게 승화시키려 애쓰고 노력한 작품이다. 그의 어머니는 이 충격적 사실을 알고, 가지고 있던 통장을 아들에게 건네주고, 어디론가 사라진다. 어느 순간 세상에 덩그러니 섬이 되어버린 아들 케이.

예술의 위대성은 기쁨보다 슬픔에 있다. 무수한 오페라 배경에 항시 나타나는 주메뉴는 거의 같다. 사랑에 대한 슬픈 이야기들이다. 이 영화도 이 사례에 비껴가지 않는다.

소설적 기질도 유감없이 발휘되었다. 비릿한 슬픔을 좀 더 짜내기 위해 등장인물들의 슬픔을 각기 다른 모습으로 요구하며 광기를 발휘하고 있었다. 우리는 이 영화를 보면서 왜 슬픈 요소가 그토록 많은가에 초점을 맞출 수 있다.

어릴 적 환경요소가 비슷한 두 남녀가 학창 시절 만나게 된다.
이미 섬이 되어 버린 케이 옆에 크림이라는 생기발랄하고 매우 적극적이며 저돌적인 비슷한 여자를 만나기 시작하면서 하나하나 사랑을 만들어가는 과정을 그린 영화다.

사랑이 익어가는 수수한 추억을 공유하는 친밀도 넘치는 사랑의 원론적인 그림들을 차곡차곡 사진 앨범처럼 보여 준다.

사랑은 영물이다. 눈에 보이지 않는 고양이와 같다. 우리 영혼의 집에는 사랑하게 될 때, 그 고양이가 들어와 야옹 하고 살게 된다.
밥도 주고 쓰다듬어주고 야옹야옹 노래도 같이 불러 주어야 한다. 야옹이는 이리 뛰고 저리 뛰고 서로의 공간을 즐기다가 그 영혼의 집주인 행세를 하게 된다.
이렇게 쭉 가면 행복하고 마냥 즐거울 텐데, 예술의 속성상 원래 비릿한 생선 냄새가 나면 날수록 예술적 가치가 더 올라감으로 그 반대로 진행되는 데 초점을 맞춘다.

슬픔은 다른 게 없다. 영혼의 집에서 잘 키우고 가꾸던 고양이를 다른 집에 입양시켜야 할 운명. 영화에서는 케이라는 주인공이 백혈병으로 일 년을 못 사는 한시적 삶 앞에 어차피 고양이를 보낼 바에야 좀 더 안전하고 멋있는 집으로 입양되길 진심으로 바라고, 애원하는 과정을 이타적 사랑이라는 숨길 수 없는 원초적 본능 속에 그 슬픔을 극대화 시키려 노력했다. 사랑의 궁극적 목적, 행복이라는 요소를 주어진 시간 속에 어떻게 극대화 시킬 것인가? 작가는 여러모로 고민한 흔적이 드러나 보인다.

파도치는 섬에서 살아가는 현대인들에게 사랑이 주는 아름다운 감성을 잠시나마 선물하기에 충분했다.

사랑은 영물인 동시에 생물이기에 영혼의 집으로 입양되는 순간 기쁨보다 슬픔이 더 얼룩져 오겠지만, 그래도 섬에서 어떤 슬픔을 감상하다가 더 슬퍼하는 것보다 영물을 잘 관리하고 예쁘게 사랑하며 사는 삶이 더 행복하지 않을까 하는 생각이다. 사랑이 언제 어떻게 들어와서 소멸하여 가는지를 야옹이가 깡충깡충 뛰노는 영혼의 집이 얼마나 사람 냄새 나는 행복인가에 대해서 주변 인물을 통해 많이 그렸다. 또한, 사랑은 엄청난 내적 내란 사건이므로 잘못 만지면 다이너마이트처럼 폭발한다. 그러면 비극이 일어난다.

친밀감에 대한 두려움, 즉 타인과의 정서적 유대가 결국에는 정서적 충격으로 되돌아올 것이라는 무의식적 내홍을 발아하게 된다. 그러기에 사랑에도 심오한 터치 기술이 필요하다.

갖고 싶은 고양이 하나. 깊어가는 가을밤에 야옹야옹하면서 더 슬퍼지기 전에 고양이 사러 가는 외로운 나그네들의 섬에는, 파도 소리가 요란하게 들린다. 누구나 곱상한 고양이 한 마리 아웅다웅 키우며 살고 싶어 한다.

기생충 (영화평)

가난의 냄새는 어떤 것일까? 반지하방에서 우러나는 매캐한 맛일까?

봉준호 감독은 이 작품을 통해서 가난의 독특한 냄새가 무엇인지를 진지한 시각으로 해부하였다. 이 영화는 곳곳에 문학적 아이러니를 심어 놓았다.

가난한 자들의 로망을 역설적 시각으로 욕심을 다 부렸다.
끝 장면까지 관객을 속이려는 아이러니에 심한 생각까지 들었다.
가난한 자들이 다 그러지는 않겠지만, 이 영화의 시나리오는 과욕을 넘치도록 부리는 걸 보여 주며, 한편으론 문학적 고전적 감동을 주는 느낌은 없었다.

오히려 가난한 자들의 주름진 자화상을 맞지도 않은 설정으로, 뜨겁지도 않은 다리미질을 하며 누비고 다녔다. 의외였다. 개인적으로 칸 영화제의 트로피를 거머쥘 작품인가에 대해서 냉철히 비평하자면 아니었다.

이 작품은 가난한 자들의 일부이겠지만, 억지스러운 고용 관계를 설정해가며 한 가난한 가족 달팽이의 꿈이 얼마나 허무한가에 대하여 설명하려 애를 썼다.

가난이 사람을 얼마나 비인격적 삶을 살게 하는 요소인지를, 이 영화를 관람하는 많은 관객의 심중에 자본주의의 꽃, 돈의 매력을 심화 학습을 통해 악한 씨앗을 중국 화웨이의 맥도 프로그램처럼 뿌려놓았다.

가난한 팔자를 타고 태어난 이 땅의 힘없는 '을' 족속들에 대한 지극히 슬픈 영화다.

머리가 무거워 오고 가슴이 답답해 왔다.

뭔가 시원스럽지 못해, 반지하방에 갇혀 메케한 연기를 한동안 내내 맡아 울렁증이 안개처럼 밀려왔다.

리버보이 (서평)

아동 청소년 문학의 캐릭터는 성장소설의 내면을 가지고 있어야 한다.

성장소설이란 청소년들에게 인생의 유한성과 주어진 시간 속에서 행복한 꿈을 예쁘게 잘 그리도록 안내해주는 소설을 의미한다. 리버보이 소설은, 팀 보울러라는 영국 청소년 문학 작가가 쓴 성장소설이다. 워낙 유명한 분이라서 전기적 비평을 세세히 열거할 수 없지만, 영국이 낳은 세계적인 청소년 문학 작가가 틀림없다. 리버보이는 1997년에 카네기 메달을 수상하였다. 게다가 놀라운 사실은,『해리포터』를 제치고 심사위원 만장일치로 수상하였다는 사실이다. 사실 이책을 선정한 이유는 워낙 유명한 성장소설이라 이것도 안 읽고 문학한다는 게 쑥스럽고 미안해서, 그리고 수없이 많은 독자를 감동하게한, 이 소설의 내면을 살피고자 주저 없이 선택하였다. 팀 보울러는이 작품을 평하면서 "나는 이 시대의 청소년들과 내면에 숨겨놓은 어른들을 위해 글을 쓴다."라며 이 글에 대한 푸른 꿈을 내비쳤다.

리버보이는 그 말대로라면 강가 소년이라는 얘기다. 강가 소년이 엮어 펼쳐지는 판타지적 사건을 기대하며, 책장을 넘기기 시작했다. 강이 주는 이미지는 높은 곳에서 낮은 대로 수많은 돌부리를 만나도 결코 멈추는 법이 없이 흘러가, 결국 바다에서 만나게 된다.

이 소설의 인물들을 크게 보면 할아버지(화가), 제스(소녀 딸이자 수영선수), 리버보이(판타지 속 인물), 제스는 할아버지의 사랑을 듬뿍 받는 손녀이자 수영선수다. 할아버지는 죽음을 앞둔 그러나 이 소설을 장악하는 지배적인 인물이다. 리버보이, 그림이 주는 야릇한 이미지를 배경으로 이 소설을 환상의 세계로 인도해간다. 어느 날 할아버지는 별장이 있는 강가를 끼고 있는, 그곳으로 여행 가기를 권했다. 처음에는 몸도 안 좋은 아버지를 데리고 나서기가 염려스러웠지만, 얼마남지 않은 연세에 하고 싶은 여행을 통해, 추억거리 하나라도 만들어드리고자 여행을 떠난다. 할아버지가 그리고 있던 그림은 리버보이를 상징하는 그림이었는데, 이 그림은 할아버지가 추구하는 판타지적 세계의 축소판인 것 같았다. 제스라는 소녀는 어쩌면 성장소설의 주인공이다. 15세 소녀가 경험하게 되는 야릇한 감성의 세계를, 하나씩 강물 속에서 리버보이와 연락하면서 소녀의 내면을 아름답게 채색하고 있었다. 리버보이는 현존하는 인물이 아닌 것 같았고, 판타지의 극적 모형을 리버보이라는 세계에 두고 잡힐 듯 윤회하는 소설의 장면은 묘미를 더해가는 별미였다. 제스는 강가에서 수영하다가 리버보이를 만나게 된다.

멀리서 추상적 형상만 보인 채 사라지고, 나타나고…. 제스가 그토록 만나보고픈 리버보이는 어디에 있단 말인가? 그리고 할아버지가 강을 그토록 그리고 싶은 이유가 무엇이었을까?

강은 시간을 나타내는 메타포였으며, 할아버지가 그리는 것은, 리버 인생의 시간이 주는 전시물과 같은 것이었다. 리버보이는 시간의 상징적 의미를 내포하고 있었으며, 리버보이는 잡을 수도 찾을 수도 없는 존재로서, 생의 시간이란 유한성을 가지는 인간의 생애를 비유하고 있었다. 할아버지의 생을 마감하는 끝자락에서 주어진 시간과 자신의 꿈을 안고 신음했을 뿐, 결국 시간이란 리버보이는 잡을 수도 잡히지도 않는 모래사막의 먼지일 뿐이었다.

돌부리를 만나도 멈출 수 없는 시간, 시간은 그토록 흘러가 인생의 생애가 마감된다고 봤다.

이 소설은 환상적 판타지 성격이 너무 짙다는 생각과 소설이 지니는 반전이랄까, 사건이 주는 충격, 그 거친 숨소리가 들리지 않는, 곱상하다고나 해야 할까? 어쩌면 소설이 가지는 성격에 비해 너무 밋밋한 사건들로 환상 속의 글을 엮어가다, 할아버지가 돌아가시면서 판타지가 끝나는, 소설의 결말이 내면적으로는 건질 게 있으나 냉철히 소설의 요소를 두고 평하기에는 부족한 부분들을 지니고 있었다고 평하고 싶다. 그러나 이런 영감 어린 소설로 인한 청소년들의 환상과 상상력을 높이는 데 크게 기여한 바를 평한다면, 기립박수 받을 만한 작품임에 틀림이 없다.

달을 훔치는 바람 (희곡)

등장인물

(1) 엄마

남편과 함께 약속 장소로 가던 중, 교통사고로 남편은 그 자리에서 즉사하고, 본인은 전신 마비가 되는 큰 사고를 당한다. 육체적으로 쓸 수 있는 건 없다. 눈꺼풀만 소처럼 껌벅거리는 게 전부다.

(2) 남자

조폭 출신으로 여자를 강제로 폭행하여 아내로 삼았다. 부정적이든 뭣이든 간에 돈이 되는 곳이라면 언제든 달려가 이권을 챙기는 비정한 사나이다.

(3) 여자

엄마의 딸이다. 비정하고, 이기적인 남자의 성향을 내면적으로 닮았다.

(4) 사무장

성재원의 온갖 행정 업무를 도맡아 처리하는 총무다.

(5) 간호사

성재원 노인들의 건강관리를 위해 애쓰는 간호사다.

(6) 수미

남자의 장녀로서 성적 일탈을 즐기는 여대생이다.

(7) 해미

남자의 늦둥이면서 할머니를 장난감으로 생각하는 아이다.

(8) 최 서방

남자의 가사를 돌보는 사람이다.

(9) 참 빛 재단 직원
(10) 기자
(11) 기타

장소

성재원, 여자의 집

무대

성재원이라는 간판이 보이는 요양원 시설(무대 전면)

여자의 집

침대가 있고 옷장이 있다.

암전되면 이동하기 편하게 만들어져 있다.

여자의 집 정원은 마지막 장면을 소화할 파티의 장으로 꾸며져 있다.

암전되면 이동하기 편하게 만들어져 있다.

조명이 켜지고 성재원이라는 간판 시설 아래에 서서 남자는 초조하게 담배 한 개비를 물고 이리저리 왔다 갔다 한다.

사무장	아이고, 사장님. 이렇게 누추한 곳까지 오신다고 고생이 많았습니다.
남자	(피우던 담배꽁초를 발로 끄고) 수고가 많심더, 할머니들 말 잘 안 듣지요. (손을 내밀어 악수한다.)
사무장	아닙니다, 이 일은 제가 하는 일이라서 괜찮습니다.

조명이 잠시 암전이 된 후 커진다.
책상 하나가 놓여 있고 면회실 같은 곳이다.

사무장	사장님, 이곳에 방문 기록 좀 해주십시오. 누구나 다 기록하게끔 되어있거든요.
남자	(번거롭고 귀찮은 내색을 하며 기록장에 사인한다.) 어허, 토요일인데 어찌 면회하러 오는 사람이 별로 없네.
사무장	아이고, 사장님. 주말이 돼도 여기는 면회하러 오는 사람이 별로 없어요.
남자	(투박한 말투로) 아까 전화해놓았던 거 알지요, 퍼뜩 장모님 외출 준비시켜주소.
사무장	아, 예 알겠습니다. (인터폰을 들고 간호사에게 지시한다.) 여기 김정애 할머니 면회하러 오셨는데 외출준비 잘 시켜서 데리고 오세요.
김 간호사	아, 예 퍼뜩 준비시켜서 내려가겠습니다.
사무장	(삭삭거리는 말솜씨로 할머니 근황을 얘기한다.) 할머니는 염려해주신 덕분으로 무탈하게 잘 계셨고, 외로움을 많이 타시는지 눈물을 자주 흘리곤 하셨답니다. 여기는 간혹 면회하러 오시는 분들도 계시

지만, 대부분 자주 못 오시는 것 같습니다.

남자   (시계를 쳐다보며) 왜 이리 빨리 안 나오나?

사무장   예, 사장님. 이곳에는 엘리베이터에서부터 여러 잠금장치를 통과해야 나올 수 있기에 준비시간이 좀 걸립니다. 옷도 갈아입히고 약봉지도 챙기고 할 일이 많습니다.

남자   (면회실 중앙 의자에 기대어 사무장이 갖다준 차를 마시면서 텔레비전을 시청하고 있다.) 저노무 메르스 때문에 사람들 다 죽게 생겼다. 빨리 차단해야 할 것인데 우짠다고 저리 지랄들이고.

한참을 기다리는 동안에 무대 뒤에서 간호사는 거의 몸을 움직이지 못하는 눈동자만 껌벅이는 엄마를 데리고 나온다.

간호사   할머니 예쁘게 해드린다고 속옷도 갈아입히고 여러모로 할 게 많아서 조금 늦어서 죄송합니다.

남자   (장모님을 보자마자) 아이고, 장모님 잘 계셨습니꺼? 많이 보고 싶었죠, 저도 장모님 많이 보고 싶었습니다. (마음에도 없는 얘길 주절대며 할머니 곁으로 살갑게 다가간다.)

사무장   외람된 말씀이지만, 할머니 사고가…?

남자   교통사고지요. 큰 중량 트럭이 빗길에 미끄러져 박는 바람에 장인어른은 그 자리에서 돌아가시고 장모님만 이렇게 된 거지요.

사무장   아, 예, 슬픈 일을 당하셨군요…. 참, 사람이란 거 한 치 앞도 모르는 일이니까요. (먼 하늘을 쳐다보며 한숨을 내쉰다.)

남자   (안주머니에서 흰 봉투를 꺼내며 사무장을 부른다.) 이거 얼마 안 되지만 고생하셨는데 식사나 하시게나. (슬쩍 돈 봉투를 건넨다.)

사무장 아이고 안 이래도 됩니다. (속으로 좋으면서도 냉큼 받아 바지 주머니로 찔러 넣는다.)

서서히 암전되고, 바삐 움직인다. 서서히 조명이 켜지면서 여자의 집이 나타난다.

최 서방 (쏜살같이 달려가서 남자에게 인사를 한다) 잘 다녀오셨습니까?

남자 별일 없었나? 아 엄마는 아직 안 들어왔나?

최 서방 예, 아직 안 들어왔습니다.

남자 참 미치겠네! 뭐 한다고 이리 늦게 안 들어오노?

남자는 식식거리며 여자의 등장을 애타게 기다린다.

남자 최 서방!

최 서방 아, 예!

남자 우선 할머니는 수미 방에 모시래이.

최 서방 예.

남자는 무대 뒤로 사라진다. (조명이 잠시 암전되었다가 밝아진 후, 최 서방은 할머니를 휠체어에 태운 채 수미 방에 들어온다.)

최 서방 할머니, 좀 불편하시더라도 참아주세요.

엄마   (눈을 껌벅거린다)

　남자가 다시 등장하고 휴대전화를 눌러 어딘가로 전화한다.

남자   언제쯤 올 수 있습니까? (공손하게 질문한다.) 아, 예. 그럼 그때 오
　　　　　　시는 것으로 알고 차질 없도록 준비하겠습니다.

　학교 수업을 마치고 돌아온 수미는 할머니가 왔다는 소리에 "와!" 하며 자
기 방에 들어간다.
　조명은 수미 방으로 집중된다.

수미   와! 할머니 오셨네!

　뒤따라 남자가 들어온다.

남자   수미야, 당분간 네 방에 할머니가 있을 터이니 그리 알아라. (퉁명
　　　　　　스럽게 말한다.)

수미   (입술을 쑥 내밀며 불만을 표시하다가 남자의 인상에 금방 돌아선다.) 예.
　　　　　　(자기 애인을 불러 늘 연애하던 곳이라 신경이 곤두서 있다.)

남자   수미야, 할머니 몸도 씻겨드리고 옷도 깨끗하게 갈아입혀라. 화장
　　　　　　도 좀 해드리고.

　수미가 오랜만에 방 청소를 한다.

그때 여자가 땀을 뻘뻘 흘리고 들어온다.

| 남자 | (화가 난 표정으로) 어디 갔다가 이제 오노? 오늘 장모님 오는 거 몰랐나? |
| 여자 | 친구들이랑 오랜만에 밥도 먹고 백화점에 갔다 왔다. 와! 아무나 하면 되지 뭐! |

그때 유치원에서 늦둥이 딸 해미가 돌아왔다.

| 여자 | 우리 해미가 왔구나. 어이구 귀여운 내 새끼, 어디 보자. 선생님 말씀 잘 들었나? 어디 아픈 데는 없나? |

두리뭉실한 입술로 뺨을 사정없이 문지른다.

해미	아이고, 간지러워, 엄마. 저리 가. (깔깔대며 요란하게 웃어댄다.)
여자	이봐라! 최 서방!
최 서방	예, 사모님.

| 여자 | 너도 알 거다. 오늘 손님 오는 거 알제! 네가 수고스럽더라도 준비차질 없도록 잘 좀 해주라. 알겠지. 손님 잘 치르고 나면, 내가 특별 보너스 챙겨줄게. 저 양반 성질이 좀 더러 봐도 니가 참고 잘 좀 해주라. 그래도 뒤 끝은 없다이가! |
| 최 서방 | 아, 예, 사모님. 잘 알아 모시겠습니다. 우짜던둥 최선을 다해 빈틈 |

없이, 최선을 다하겠습니다.

조명은 수미방으로 들어선다.

여자　　오, 엄마 오셨군요, 내 사랑! (엄마의 볼에 입을 맞춘다.)

엄마의 화사한 옷을 고르고 있다. 이 옷 저 옷을 엄마 가슴에 갖다 대고 색상을 저울질한다. 그리고 방을 나가버린다.

수미　　어디 보자, 립스틱이 여기 있지. (서랍을 열고 립스틱을 찾아든다.)

수미는 철없이 웃다가 "할머니!" 하며 나무라기도 하고, 말도 못 하는 오직 눈꺼풀만 껌벅이는 살아있는 식물인간과도 같은 할머니의 얼굴을 가지고 논다.

그때 수미 남자친구가 몰래 방에 들어온다.

남자친구　　수미야, 나 왔어! (할머니 앞에서 수미와 포옹을 한다.)

껌벅거리는 할머니 눈초리를 아랑곳하지 않고, 언제나 그랬던 것처럼 애정 행각을 자연스럽게 벌인다.

할머니는 참을 수 없는 수치심에 입술을 깨물고 눈을 감는다.

수미　　(애정 행각을 끝내고) 할머니 사랑해! 히히히.

모두가 나가버린다. 이윽고 해미가 방으로 들어온다. 해미는 그림 물감통을 들고 있다.

해미   할머니, 가만있어 봐. 내가 이쁘게 해줄게!

할머니 얼굴을 도화지 마냥 물감으로 난장판을 만들고 있다.

여자   (방으로 들어오며 씩 웃는다.) 어이구, 이게 뭐야! 저런! (물수건으로 엄마 얼굴을 닦아낸다.)

엄마   (여자의 가슴을 향하여 소리 없는 눈물을 주르륵 흘린다.)

여자   엄마, 왜 울어! 짜증스럽게!

조명은 여자의 집 정원을 밝힌다.

최 서방   (정원을 청소하고 손님맞이에 쓸 포도주와 과일이며 다과 준비에 이르기까지 여자가 시킨 대로 차근차근 준비하고 있다.)

남자   (급하게 전화 한 통을 받는다.) 아, 여보세요! 아, 네, 네, 네, 알겠습니다. 그렇게 하죠.

오후 4시에 손님이 온다는 전갈이었다.
노인과 그들 친구가 입장한다.

노인   자, 오늘 일당이 2시간 만에 20만 원 준단다. 알았지! 아까 내가

얘기했던 대로 하면, 끝이야! (친구들에게 이번 행사의 역할들을 설명

해준다.

노인의 말에 모두 고개를 끄덕인다.

노인들이 조용히 자리를 비운다.

멀쑥하게 차려입은 기자가 들어온다

기자   아, 여기가 소문난 곳이군요. 이렇게 감동적인 기사를 쓰게 되다니

영광입니다.

남자   아, 네, 감사합니다. 잘 부탁드립니다.

기자   오랜만에 특종 잡았네. (흐뭇한 표정으로 사진을 어떻게 찍어야 할까 여

러 각도로 신경을 쓰고 있다.)

남자   이번 일이 잘 보도되면 섭섭지 않게 보답하겠습니다.

기자   아니죠. 오히려 저희가 고맙죠. 이런 흐뭇한 소식은 특종감이죠.

기자는 모든 일이 빨리 진행되었으면 하는 눈치였다.

정해진 시간이 되자 참빛 재단 직원이 도착했다. 남자와 여자는 공손히 인

사하며 손님을 맞이했다.

엄마는 영문도 모른 채 여자가 움직이는 대로 나왔을 뿐이다.

다들 정원에 모였고 가든파티가 시작되었다. 분위기가 무르익었을 때 참

빛 재단 직원이 중앙 상단에 올라 이 자리에 온 배경 설명을 하였다.

참 빛 재단 직원　　안녕하십니까? 다름이 아니오라, 오늘 모임은 매우 뜻깊은 자리입니다. 저희가 여기 온 목적은 할머니 김정애 여사님 때문입니다. 그러니까, 우리 재단 회장님께서 한국전쟁에 참여하셨는데, 전투 중 총탄을 맞고 거의 죽게 되었을 때, 여기 계신 김 여사님께서 극진한 간호를 하시고 용기와 위로로 또한, 간절한 회복 기도를 하셨습니다. 그 모습은 절대 잊을 수 없다, 하셨습니다. 사실 상흔이 너무 고통스러워 목숨을 포기할까 여러 번 고민했지만, 그때마다 흔들리는 마음을 다잡아주셨던 고마운 생명의 은인이라고 누차 강조하셨습니다. 그간 여러 해 여러 경로로 김 여사님을 찾으려 애써 보았지만, 찾지 못하다가 그동안 사업적으로나 가정적으로 큰 일가를 이루시고, 이제 하늘 갈 날이 얼마 남지 않아 이제 마음의 빚을 갚고자 한 것입니다.

잠시 노트북을 열어서 회장님의 영상을 들려주었다.

내 생명의 은인이신 김정애 여사님께 제가 가진 재산 중 30억 원을 주겠다는 메시지였다.

이 영상을 보고 나서 수표에 본인 사인만 하면, 즉시 효력이 발생한다는 엄청난 내용이었다.

기자는 이러한 감동 있는 장면을 놓칠세라 셔터를 정신없이 눌러대고 있었다.

가족 모두는 마치 자신들이 매스컴의 주인인 양 양어깨에 힘을 주며 행사를 즐기고 있었다.

엄마는 너무도 충격적인 내용을 한동안 경청하다가 여자의 얼굴을 쳐다보았다. 갑자기 아버지와 사위 얼굴이 스쳐 지나갔다.

가식 어린 모습이 너무 충격적이고 회한이 급물살처럼 밀려왔던지, 그만 앞으로 쓰러지고 말았다. 다들 어찌할 줄 모르고, 파티장은 순식간 아수라장이 되었다.

여자   (달려와서) 엄니! 엄니! (소리를 질렀다.)

양어깨를 흔들며 의식을 차리게 했지만, 의식은 바람 따라 하늘로 가버렸다.

남자   (재단 직원의 멱살을 붙잡고) 빨리 수표 내놔! (요란스럽게 소리를 지른다.)
직원   (단호하게) 진행 중에 작고하셨기 때문에 수표를 건네줄 수 없습니다.

직원은 남자를 뿌리치고 파티장을 빠져나가 버렸다.

나가면서 직원은 속으로 되뇌었다.

달을 훔치는 바람은 아버지의 죄악에서 유래한다는 키르케고르의 말을 되씹으며, "이상하다, 참!" 하면서 서둘러 그곳을 빠져나갔다.

막

박수근 화가

박수근 화가와 근 현대사 화가들의 공통점 중 하나는 7~80%가 단명하셨다는 것이다. 애석하게 가셨으니 여운이 긴 듯하다.

박수근 화가 전시회는 여러 번 보았다. 독특한 질감을 다루면서 투박한 거북등처럼 거칠게 보이지만, 그의 내면적 향토와 인간애가 함의하는 그림 앞에서, 한 인간의 진실함을 발견할 수 있다.

작품을 감상하기 전에 이분에 대한 전기적 기록을 살펴보고 감상하면 그림에서 더욱 단맛이 난다. 화폭에서 생명을 발견하려는 시선은 늘 그림을 접하는 모든 이들의 소망이다.

그 생명으로 인해 가슴 한쪽이 뜀박질하는 출렁이는 영감을 느낄 때, 그 작가와 나는 서로 아는 관계가 된다.

여기서 아는 관계란 여자와 남자가 서로 사랑하여 혼연일체를 이루는 관계를 우리는 아는 관계로 표현한다.

그를 알았다 함은 많은 기의 적 의미를 함축하게 되고 더 나아가서는 영혼의 성숙을 도모하는, 우리가 예술을 접해야 하는 귀한 절정의 순간들을 의미한다.

임은 갔지만, 작품 속의 임의 향취는 날이 더할수록 새로워지는 걸 우리는 가슴으로 느낀다. 애달프게 그렸던 화폭의 신음이 귓전을 두드린다.

담배 한 개비

인생의 길이, 담배 한 개비와 같다는 사실에 또 한 번 철이 들었다.

"아저씨, 저 불 좀 빌려주실래요?" 죄수처럼 고개를 숙이며 작은 불꽃을 빌리는데 정성을 쏟는다. 길게 흡입되는 숨의 양, 맥주 한 잔의 양, 계산식을 잊어버린 짧은 고속도로, 길게 늘어진 몽뚱어리, 툭 떨어져 행적이 묘연하다.

어디로 갔을까? 심폐 속에 숨은 인생은 말이 없고, 이쪽저쪽을 거닐다가 지쳐 잠이 들었다.

담배 한 개비, 밤기운처럼 발갛게 내게로 깊숙이 들어왔다가 헛껍데기만 남겨두고 저 멀리 떠나갔다.

"자네, 이참에 담배 끊어야 할 텐데…"

인생이 담배 한 개비, 자꾸만 담배 한 개비만 사르륵 매만지는, 천 가지 사랑이라도 했단 말인가?

"인생은 모른다네. 어떨 땐 담배를 거꾸로 물어. 라이터를 대기도 전에 버려야 하는 지랄 같은 운명도 있거든."

"그거 봐, 황수관인가 뭔가 하는 신바람 웃음 강좌로 유명한 그 양반도 빨리 가지 않았나."

"그 양반 강의 들으면 한 백 살까지는 살 분이라고 생각했는데, 아니, 67세가 뭐냐고?"

"허허, 그러니까, 인생살이는 알 수가 없는 거지."

"담뱃갑에는 스무 개의 인생이 빼곡히 들어있지. 미덥지 않은 심정으로 빨아당기는 그 쓸쓸한 오후의 담배 맛을 자네는 아는가?"

"그래, 당신 말이 맞는 것 같아."

쨀따란 흰 바지의 길이, 곧 타고 없어질 무형질의 형체. 그렇게 연기처럼 유한한 생이길래….

"자네 집은 어딘가?"

"나는 집이 저 높은 산 속 절이라네."

"깊고 험한 곳이라 사람들의 인적이 드문 곳이지."

"차가 올라오기는 여간 힘든 곳이고 말고."

"한 번은 어떤 차가 올라오다가 덜컥 타이어가 빠지는 사고가 있었거든."

"119가 오고 난리가 났었지. 그리고 보니, 자네 머리숱이 날이 갈수록 텅 비어 가는 걸 보니, 진짜 돌중일세그려."

"속세를 떠난 비탈진 나그네야."

"근데, 자네는 언제 담배 맛이 그렇게 좋던가? 처음 입에 물고 다닐 때인가, 아니면 중간쯤이 최고던가, 아니면…?"

성철의 긴 손가락 사이에 잡혀버린 담배 한 개비의 인생이 쩔룩쩔룩 잘도 끝나가고 있었다.

자유 1, 자유 2

자유 1

어느 것 하나 걸치지 않는 욕심 없는 세계. 가진 것도 가질 것도 없는 텅 빈 우주.

마늘 껍질 까듯 흉측한 외면에서 벗어나는 일.

욕심에 생성된 과거가 회생하는 주체와의 부딪힘. 두려움이 아니라 가벼운 공산과도 같은 것. 만들려 하지 말고 가지려 하지 마라.

비우고 또 비우고 옹달샘의 허욕을 숨긴 마디 비워 무주공산이 돼라.

자유는 손짓하지 않는 천국. 소유의 나라에서 텅 빈 하늘을 찾는다.

바람에 신원을 물을 수 없듯이 이해되지 않는 욕망의 진화가 사람들을 아바타로 조각되게 했다.

자유 2

"아저씨! 영표 하나 주세요."

"응! 하나면 되나?"

"네, 오늘은 그것만으로 되지 싶네요."

검붉은 사내가 깊게 숨겨둔 영표를 조심스럽게 건네주었다.

"아무에게나 말하지 말게. 내가 특별히 자네한테 주는 것이니."

"네, 항상 감사하게 생각하고 있어요."

조심스럽게 받아 든 영표를 그의 가슴 깊숙이 품어 넣었다. 얼마쯤 지났을까? 가슴에 따뜻한 온기가 피어났다. 스치는 바람이 엉클어진 머리를 쓰다듬고 지나가듯 시원한 공기가 뻥 뚫리며 그렇게 가슴은 적요해갔다. 모든 생각이 영으로 가는 기이한 정신적 체험이 시작된 것이었다. 흐르는 주체가 쓰레기통으로 들어가고, 말끔히 머리가 청소되고 있음을 직감했다.

가벼웠다. 그렇게 가벼울 수 없었다. 사고가 영으로 돌아갔고, 회상하는 무게에 날개가 돋아났다. 영표를 받는 날은 마치 목욕탕을 다녀오는 상쾌한 느낌이 들었다.

영표에는 무한한 자유의 공간이 우주처럼 펼쳐져 있었다.

영이 소멸한 주체들을 흘려보낸 텅 빈 욕심 없는 세계. 그곳이 천국이었다.

무제 1, 무제 2

무제 1

바람이 거세게 몰아쳐 왔다. 서둘러 습윤 되는 찬 공기에 피부들이 준비를 못 한 탓인지 어쩔 줄 몰라 난동을 부리는 중이었다. 그날도 어젯밤 철호와 나누던 얘기가 귓가에 맴돌았다. 퇴근 시간보다 조금 늦은 시간에 들어온 철호는 다짜고짜 입양아를 데려오는 게 어떻겠냐고 나를 설득해왔다. 이게 무슨 소린지 강속구 야구공에 직통으로 맞은 듯한 통증이 느껴져 왔다. 지난 오 년 동안 갖가지 방법을 동원해보았다. 불임의 신체적 조건이 발견되지 않았는데도, 이상하게 애가 들어서지 않았다. 소문난 한의원은 모두 가보고 별의별 짓을 다 해보았다. 심지어 용하다는 점쟁이 집에 찾아가 부적을 써서 신랑 베개 밑에 두기도 하였고, 임신 택일도 숱하게 받아 합궁도 해보았지만 허사였다. 요즘 부쩍 외로움을 타는 철호 씨는 더욱 아기를 원했다. 지나가다가 애를 안은 아빠를 보면 부러움의 시선으로 '참 좋겠다'를 연발하며 내 언 가슴에 불을 질러놓기 일쑤였다. 배가 남산으로 신호를 교신하고 다니는 여자를 보면 미치도록 질투가 나고, 심지어는 소리 없는 눈물까지 한없이 흘렸다. 삼신할머니는 무심하시지, 왜 나는 그토록 원하는 아이를 가질 수가 없을까? 원망에 원망

심지어는 저주까지 내뱉었다.

"썩어질 할망구 같으니라고!" 하루하루가 넋 놓는 고통의 순간들이었다.

그런 나에게 철호는 입양을 권하며, 나를 낭떠러지로 몰아넣고 밀어대기 시작했다.

갑자기 과거 아픈 상처가 떠올랐다. 철부지 여고 시절 2학년 여름방학 때 일이었다.

마침 방학이라 어디론가 떠나고 싶다는 감정이 솟구쳐 오를 때, 옆집 단짝인 혜숙이가 솔깃한 제안을 해왔다. 우리 방학도 했고 마음도 뒤숭숭한데 캠핑 가자며 꼬셨다. 앞 동네 진숙이도 가기로 했다며, 2박 3일 계곡으로 가자며 촐랑대며, 마음이 숭숭한 내게 불을 놓기 시작했다.

무제 2

그놈을 그렇게 떠나보내고 나 홀로 섰다. 온 세상이 하얗다. 눈표범처럼 살금살금 다가와 다 가지고 간 그놈이 미워서 잠이 안 온다. 잊어야지 하면서 가슴이 뛰는 이유를 모르겠다.

어제는 신경과 약을 두 봉지나 털어먹었는데도 정신이 말똥거려 혼이 났다.

따뜻한 온기가 흐르는 욕탕에서 그리움을 녹이는 일은 매우 지난한 일이었다.

왜 사느냐고 묻거든. 그냥 회전목마처럼 돌아보는 거라며, 지나는 고양이에게 항변해보았다.

내일을 이유 없이 선물을 받아야 한다는 항고장과 이에 대응하는 항소장에 지문이 없다는 검사의 논거가 부딪히며, 밤을 잊은 그대에게 푸른 별을 보내기로 했다.

그러고 보니, 너무 오래 여기에 있었나 잠이 몰려왔다. 알지 못하는 꿈들이 비밀번호를 아무렇게나 눌러대고 들어왔다. 참 이상한 일이다. 분명 어제 번호를 바꾸어 두었는데 어떻게 알았을까? 알 수 없는 바람이 스쳐 지나가다 알아버렸을까? 그럼 이 밤도 나타난다는 이야기인데, 아, 어렵다. 생경한 얼굴이 두렵다.

포르테(f)와 피아니시모(p)

f인 줄 알았다. 산다는 게 거칠게 쏟아져 내리는 저 강물을 보노라면 의심 없이 정답인 줄 알았다. 산을 넘는 힘겨운 행군 속에 모두 f를 합창하며 보릿고개를 잘도 넘었다. f의 끈적한 액들이 입가에 뱅뱅 물들고 수탉을 닮은 목 언저리가 자랑스러울 때가 많았다. p는 늘 약자가 힘겨워 내는 보잘것없는 모깃소리에 불과하다고 하대하였다. 서녘에 노을이 깊어질 때 깨달았다. 가슴이 허한 사람이 f에 기댄다는 사실을 p의 그 웅장하고 위대한 저음의 낮은 목소리가 얼마나 사람을 아름답게 하는지를 소리가 철이 들 때 p가 된다는 사실을 인제야 깨닫게 되다니, 껍질을 깨부순 데미안을 본지도 꽤나 세월이 흐른 것 같은데 말이다.

아름다움은 조용하고 고요함 속에 안개꽃처럼 피어나는 영롱한 것임을 겨우 깨달았다. f를 가슴에 안고, 살아온 지난날의 무모함과 이별하고 은은한 시 낭송이 울려 퍼지는 p와 성당에서 거룩한 혼인 예식을 곱살하게 치렀다. 하객 하나 없는 고요한 그곳에서.

억척 어멈과 그 자식들 (희곡평)

브레히트라는 극작가가 쓴 작품을 읽으며 이 작품의 명제가 되는 질문 몇 가지를 모았다.

전쟁이라는 특수한 환경을 모티브로 억척 어멈과 두 아들 그리고 언어장애인 딸을 두고 일어나는 인간의 내면적 방향을 살펴보는 희극이라 할 수 있다. 비평가의 시각에서 인물이 가지는 전기적 평가를 하기에 앞서서 삶의 지배적인 환경전쟁이라는 최악의 환경설정 속에 인간이 가질 수 있는 기본적인 양심이나 윤리적 도덕관을 따지기 앞서서 전쟁이 주는 이성적이지 못한 환경에서는 질량이 주는 법칙을 적용할 수 없는 변태적 삶이라 할 수 있다. 전쟁이라는 그릇 안에는 수많은 이야기가 들어가 숨 쉬고 있다. 이런 비유는 실례가 되겠지만, 음주한 상태에서 그 이후에 일어난 일들에 대한 법적 변호를 받을 권리를 상실하게 된다. 전쟁이라는 게 그렇다. 전쟁에는 과정이 존재치 않고 오로지 전투의 승리를 목표로 한다. 게임에서 지면 모든 걸 잃는다. 뭐라 변명할 수도 없는 극명한 현실에 순응할 수밖에 없는 것이 된다. 이 희곡에서 자식들을 통해서 보여 주는 주제는 세 가지다.

용기, 정직, 동정심이다. 작가가 이렇게 순수한 용어들을 편입하여 조형화한다는데는 이견을 달 수 없지만, 솔직한 비평적 시각으로는 어울리지 않는 겉옷과 같다. 왜냐하면, 전쟁이라는 국그릇 안에 너무도 중차대한 비극성을 내포하고 있기 때문이다. 인간의 존엄성이 발갛게 찢겨 구석의 쓰레기처럼 굴러다니는 장터의 오염물처럼 취급되는 것들이기에 그건 오히려 사치스러울 수 있다. 모든 게 무너져 내리는 게 전쟁이다. 여기에는 무슨 궤변이고 논리고 필요치 않다. 단지 첫째도 둘째도 생존이다. 아이러니하게도 억척 어멈은 도리어 전쟁을 상대로 생업을 하는 역설적 존재다. 부정하면서도 그 부정의 존재로 말미암아 또 다른 생존을 찾는 기이한 생존의 방법을 택한 것이다. 산에서 내려오는 물은 바다로 향한다. 그러나 산속 물의 형태는 수천만 가지다. 그 형태를 따져 물을 수 없다. 다만 이해할 따름이다. 부모의 만남과 나의 출생을 헤아려 추론할 수 없듯이 생이란 운명처럼 다르게 흘러갈 뿐이다. 억척 어멈이 그렇게 생존하려고 한 인생의 목적은 무엇이었을까?

그도 여자다. 그러므로 누군가에게 보호받고 사랑받고 싶어 했다. 그러나 그녀의 운명 그러니까, 그와 뗄 수 없는 운명인 자식, 말을 못 하는 언어장애인을 둔 어미이기에 자식을 버릴 수는 없다. 이러면 보통 장애아와 평생을 같이 한다. 재혼의 생각은 버리는 게 정답이다.

이 극에서 재미나는 게 취사병의 태도다. 억척 어멈과의 결혼을 설계하면서 여러 가지 변명하면서 혹 덩어리를 분리하고자 억지를 부린다. 자기 집이 좁다든가 세 명이 지낼 환경이 전혀 아니라는 것으로 자꾸만 딸을 밀어내려 한다는, 그렇다. 결혼은 현실이다.

환상이 아니고 실제이기에 어렵다는 것이다. 희생의 제의가 없는 한 결혼은 공염불이다. 누가 누구를 위해 희생한단 말인가? 결혼은

미친 짓이라고 누구는 소리쳐 외친다. 이 극의 이러한 비극성 확대
는 도리어 작품의 가치를 상승시킨다. 아기의 탄생부터 뛰기 시작한
심장 박동 소리는 죽음으로 끝을 내린다. 억척 어멈의 인생 속에 펼
쳐지는 다양한 사건들은 시사하는 바가 크다. 평상시 누리는 평화라
는 의미는 참 큰 행복이다. 세상 어느 것과 다투지 않는 고요의 상태
그 세계를 여는 열쇠와 지도는 가지고 있는가? 우리는….

　배다른 자식 3명이 주는 메시지는 슬프다. 어디 한번 정착하지 못
하는 떠돌이 인생, 항구를 잃어버린 인생, 왼쪽으로 흘러야 하는 인
생이 오른쪽으로만 흘러온 인생, 앞뒤가 틀려버린 떨어진 단추를 찾
지 못한 인생, 전쟁해야만 먹고 살 수 있다며 반평화가 평화인 한 여
인에 거꾸로 운명, 남편의 복이 없는 여자, 자식 복도 없다는 말이 맞
는 여자, 총알이 빗발치는 전쟁터를 오가며 마차를 끌고 다니는 가냘
픈 인생, 이 여인에게서 산다는 의미가 무엇일까?
　마른하늘에 날벼락을 기다리는 어리석은 인생일까? 노예는 동물
과 같은 동급 취급을 받았기에 희생제의에 이 여인이 제물화 되어야
했던가? 무당을 불러 굿을 하며 어두운 그림자를 쫓아내야 인생의
단비를 맞을 것인가? 인생의 줄기마다 파편화되고 찢겨버린 가슴.
　정녕 그녀는 전쟁에서 죽지 않는가? 이 작품의 등장인물에 관한
캐릭터 분석은 굉장히 흥미로운 요소가 많이 숨겨져 있다.

　인생이라는 광야 같은 곳에서 어두움은 안개와 같이 스며든다는
사실을 몰랐다. 이 어두운 안개가 한 짓은 비극적 삶이다. 십자가가

상징적 비유를 시간상으로 설명해주고 있다.

오후 3시에 십자가를 지고 골고다 언덕을 오르시는 예수님, 무거운 십자가와 채찍, 수치와 모멸감….

6시에 십자가에 달리다. 양손과 발에 굵은 못을 박고 옆구리에서 물과 피를 쏟아 내셨다.

9시경 그는 "다 이루었다." 하며 운명하셨다.

예수의 마지막 날 이야기를 노래한 이유는 무엇을 의미하는가?

인생에서 해결해야 할 3가지 첫째는 의식주(경제적인 문제), 둘째는 건강, 셋째는 외로움.

위 3가지 요소 중에 억척 어멈이 해결되어 준비된 것이 무엇이 있을까? 경제적 문제를 해결하지 못했고, 원초적 본능인 외로움도 해결하지 못해 늘 외로웠고, 건강에 관한 특별한 언급이 없었기에 말할 수 없으나, 전 유럽을 마차로 다니는 걸 보면 건강은 타고났다고 본다.

2부

남자 3호는 외롭다

노을 지는 안개

사실 김 씨는 아픈 가족사를 간직한 한 많은 사람이었다.

김 씨에게는 외동딸이 있었는데 그러니까 3년 전 전라도에 있는 남자와 교제하고 있었고 과년한 남녀는 뭐라 말할 게 없어 서로 통한 정은 불을 넘어 강 저편에 있을 즈음 혼사 얘기가 자연스럽게 나왔고, 딸 여식 나이도 혼기를 넘어서고 있으니 어찌 되었든 간에 부모 된 처지에서는 결혼시키려는 마음은 앞서는 것이었다.

김 씨는 아내와 딸아이 혼사를 깊이 있게 의논했다. 사위는 이공계 대학을 나와 여수 석유화학 단지 내에서 유화 취급 라인에서 근무하고 있었다.

일 특성상 주야 교대근무를 하고 있었다. 어쨌든 취업하기가 힘든 시기에 연봉도 꽤 되고 딸자식 굶기지는 않겠다 싶어, 양가 부모님들의 상견례를 주선했다.

일은 일사천리로 진행되어 전남 여수 모 식당에서 양가 어른들이 만나기로 하였다.

날짜는 어찌 그리 빨리 가는지 날 밤에 따르듯이 훌쩍 약속된 정해진 날이 다가와 김 씨 부부는 딸과 함께 약속된 장소로 가기 위해 집에서 승용차를 타고 움직이기 시작할 무렵 앞 타이어에서 "찌 그 덕" 소리가 들려 이게 웬 이상한 소린가 싶어 황급히 내려 타이어를 살

퍼보니, 왼쪽 앞타이어가 펑크가 나 있었고, 약간 주저앉아 있었다. 왠지 불길한 예감마저 드는 게 썩 기분이 좋지 않았다. 미간을 찌푸리는 아내를 위로하며 마음을 다잡았다.

김 씨는 긴급출동을 불렀다. 무보험회사 긴급출동 시스템은 정해진 설명서에 따라 신속하게 사고지점으로 움직이게 했다. "아, 네. 거기가 성산동 대우 빌라가 맞으시죠? 네, 앞타이어 펑크 신고가 들어왔는데 맞으시죠, 급히 가겠습니다."

"약 20분 걸리겠습니다. 번거롭더라도 조금만 기다려달라" 하며 호출 기사의 음성이 칼칼하게 들려왔다.

김 씨는 타들어 가는 가슴을 진정시키기 위해 담배 한 대를 빼 물고 퍼렇게 물든 입술 위에 포개어 넣고 불장난하였다. 깊은 시름이 흰 파도처럼 밀려왔다. 그쪽 사돈은 어떤 인간형일까? 혹여 금 같은 딸 마음고생을 시킬 사람들은 아닐까?

여러 갈래로 마음은 뒤집히고 혼란스러운 감정들이 밀물처럼 밀려왔다. 잡다한 생각들이 꼬리를 물고 있을 때, 긴급출동 기사분이 도착하여 쭈그러진 앞타이어에 바람을 넣자 상처 입은 표면에 게들의 거친 비눗방울이 버글거리며 토악질하고 있었다.

"아, 여기구나!" 예상보다 빨리 상처 난 곳을 찾았다는 안도감에 기사분은 능숙한 솜씨로 구멍을 메꾸었다. 김 씨는 이왕 손보는 김에 타이어 공기압 조절을 부탁했다. 성실하게 생긴 기사분은 앞뒤 타이어 4개의 공기압을 조절하고 바쁜 걸음으로 일을 끝마쳤다.

가시면서 한 가지 부탁을 일렀다. 행여나 보험회사에서 전화가 오면 매우 친절히 잘 마치고 갔다고 응답해주기를 부탁했다. 김 씨는 걱정하지 말라며 가볍게 손짓하였다.

일행이 정해진 장소에 도착한 것은 약속 시각 10분 전이었다. 김씨는 다소 긴장하면서 안도의 긴 한숨을 몰아쉬었다.

상견례 장소를 둘러보며 환경에서 오는 위압감을 누그러뜨리는데 신경을 썼다.

딸은 조심스럽게 입술을 다문 채 내내 음식을 먹지 않았다. 창밖에는 가을의 만추가 울긋불긋 변해있었고, 행락객들이 어디론가 향하는 산자락 차량으로 거리는 바글거렸다.

마침내 붉은 뿔테 안경을 쓴 사돈어른이 활짝 웃는 모습으로 나타났고, 눈웃음을 하며 김 씨의 손목을 덥석 잡았다. 손바닥은 거북등처럼 거칠게 와닿았다.

정해진 자리에 앉고 예민한 신경전이 소리 없이 전개되고 있었다. 먼 길 오시느라 수고가 많으셨습니다. 일상적인 얘기를 주고받고 우선 식사부터 하시죠 하며 미리 주문해둔 식사가 예약의 시간에 맞추어 제공되고 있었다. 그런데 밖에 사람 소리가 웅성웅성 들려왔고 어디서 왔는지는 몰라도 대략 200명은 족히 될듯한 사람들이 다른 편에서 식사하는 것이었다. 김 씨는 오늘 다른 행사에 오신 분들이라 여기고 신경을 쓰지 않았다.

근데 이게 어찌 된 일일까? 알고 보니 사위가 될 집안의 사람들이라고 뒷얘기를 들었다.

김 씨는 내심 결혼식도 아니고 상견례에 이렇게 많은 사람이 왔다는 얘기는 처음 듣는 일이었다. 문제는 그것에 그치는 것이 아니었다. 상견례 식사비는 전통적으로 처가 쪽에서 지급하는 것이라는 말에 머리가 하얘지면서 어처구니가 없었다. 김 씨 내부 걱정은 이런 황당한 만남으로 식비 300만 원을 지불하고 집으로 돌아왔다. 말이 안 되는 상황이라 어안이 벙벙하고 도저히 이 무례한 혼사를 진행할 수가 없었다. 쌍방이 경우를 따지며 시비가 붙어 고성이 오가며 혼사가 깨어졌다. 이런 일 있는 집안에 딸을 보냈다가는 뻔히 고생길이 보였다. 사기당한 기분이 들어 분을 삭일 수가 없었다. 그러나 이 일을 어쩜 좋을까?

딸은 그 남자를 깊이 사랑하고 있었고, 그 남자의 우유부단한 모습에 상처받고 며칠 식음을 전폐하고 누워 있더니 그만 음독자살하였다.

하나밖에 없는 딸을 그렇게 허무하게 잃어버렸다. 실의에 빠진 김 씨 아내도 시름시름 앓다가 어느 날 다리 위에 떨어져서 하얀 시신으로 돌아왔다. 참 인생의 내일을 누가 알 수 있겠는가? 단란했던 가정이 저주 어린 비극의 장소로 변할 줄 누가 알았겠는가? 불씨 하나가 한 가족을 다 삼키고 불살라 버렸다. 세상에는 설명할 수 없는 비극들이 곳곳에서 생성되며 인간들을 파괴하고 회오리바람처럼 돌아다닌다.

김 씨는 모든 걸 한순간에 다 잃어버린 넋이 나간 빈 껍데기 사람이었다.

마음에 밥 먹이기

엄마! 마음도 배가 고프냐고? 뜬금없이 막내가 텔레비전을 보고 있다가 소릴 질렀다.

글쎄다, 마음이 왜 고플까? 지나간 세월이 주마등처럼 지나갔다.

마음이 아우성치는 마치 태풍의 우는 바람처럼 윙윙거리며 매일 거리를 배회하는데 그걸 모른다고 대답할 수는 없었다. 어쩌면 이 마음 이를 토닥이는 일이 생의 제일 큰일일 텐데, 싶었다. 집 마당에 컹컹대는 백구에게는 매일 먹이를 주면서 마음 이에게는 무얼 주며 살고 있었는지 선뜻 대답할 수 없었다. 바닷가 한가운데 서 있는 배, 물결은 늘 일렁인다. 달의 움직임 따라 배는 늘 외롭게 출렁거리며 때론 멀미도 하는데….

엄마! 마음의 주인은 누구예요? 사춘기를 맞이하는 막내의 거침없는 질문이 쏟아져 나왔다.

"이 몸은 엄니가 낳아 주셔서 어머니의 것인데, 마음은 누구 거예요?"

"세상사 마음대로 되지 않는다며 아버지는 날마다 시꺼먼 담배도 피우시잖아요."

또록또록한 눈망울이 마음의 실체를 붙들고 조숙하게 다가와 마음을 헤집고 있었다.

마음과 연대 저 높은 곳에서 와서 수만 번 다치며 저 바다로 흘러

가는 마음은 말 한마디 없이 그렇게 가고 있는데, 강물이 시퍼런 이유를 어떻게 저 아이에게 설명해야 하나, 마음은 추위를 잘 타기에 늘 따뜻한 옷도 필요하고…

소쩍새처럼 잘 울기에 위로도 해주어야 하고…

강은 흘러서 지금도 내려가고 강물은 뒤를 돌아보지 않고 끊임없이 달리며 내려갔다.

그곳에서 바다를 만나겠지, 처음 왔던 곳으로 돌아가는 롤러스케이터, 두려워하나, 가만히 있어도 내려가잖아, 마음이를 데리고 강가 둔치에 서서 유유히 흐르는 자신을 보았다. 마음이가 밥을 먹고 있었다. 허기진 배 속을 채우는 모습에 지나는 강물이 수줍어 거세게 달아났다. "그래, 막내야!"

"마음이 밥 먹을 시간이다. 밥 먹자. 무얼 먹지?"

"마음이가 무얼 좋아할까?"

"오늘의 메뉴는 뭐지?"

막내는 싱겁다는 표정으로 한마디 툭 던졌다.

"엄마!"

"마음은 사랑만 좋아하는데, 사랑 그거 좀 줘. 오늘 배가 아주 고프니 많이 줘."

엄마는 울렁이는 눈망울로 다가가 막내를 깊이 끌어안았다.

"아이고 귀여운 내 새끼 다 컸네. 마음이도 다 알고."

창문 밖 햇살이 널브러지게 다가와 막내 이마를 간지럽히고 있었다.

마음아 우리 막내 잘 데리고 가야 해, 저기 저 바다로.

엄마의 마음이는 막내 마음이에게 두 손 꼭 잡고 사랑으로 다독이고 있었다.

그런데 왜 자꾸만 눈물이 나는지, 엄마의 눈가는 붉게 서쪽을 향하고 있었다.

5월의 마중 (영화평)

　세계적 거장 장예모의 작품 〈5월의 마중〉을 가을비 내리는 낙엽과 더불어 간만에 영화를 즐겼다.

　이 영화를 보기 전 호기심과 관심의 초점에는 공리라는 걸출한 여배우에 가 있었다. 공리의 깊은 내면의 연기를 하나씩 곱씹으며 보리라 다짐하고 스크린 풀어지는 소릴 들으며 자연히 마음도 따라 흠뻑 빠져들어 갔다.

　이 영화의 주제는 두말할 것도 없이 영원한 주제인 사랑을 주어로 하고 있었다.

　세상에는 사람들의 얼굴이 다 다르고 주어진 환경이 모두 다르다. 각기 저마다의 특성을 가지며 살아가고 있으며, 정신적 환경 또한 매우 다르다. 이러므로 같은 사랑과 똑같은 사랑의 요구는 무리일듯 싶다.

이 말은 사랑의 변주가 다양함으로 절대적 결론을 배제하고자 함을 먼저 일러두고자 한다. 하지만 사랑의 참 뿌리는 있는 듯하다.

내용의 요지는 이렇다. 주요 인물들은 단순하다. 아내, 남편, 딸이 세 분의 가족 속에 엮어내는 사랑의 희한한 운명을 그리고 있다. 그 환경의 배경은 중국의 문화대혁명을 바탕으로 전개된다.

공산당의 서슬푸른 악습이 자행되던 그 시절 남편은 빨갱이로 낙인찍혀 근 이십 년을 유배 생활을 하게 되고, 딸은 아빠의 얼굴도 모른 체 기구한 운명 속에 자라난다. 한때는 자신의 환경에 고통을 준 남편을 원망하고 멸시하지만, 곧 그리움으로 사랑으로 전이된다.
떠나간 임이 우여곡절 끝에 간신히 돌아왔지만, 남편을 몰라보는 심인성 인격장애라는 일종의 치매성 질환을 앓게 되는 아내의 남편은 혹여 자기를 알아볼까 하여 고민 끝에 편지를 아내에게 보낸다. 5일 역사 앞에서 만나자는 편지를 보내고 아내는 그 편지를 읽고 두근대는 마음으로 곱게 단장하고 역사로 나가 신랑을 기다린다. 하염없이 기다리고 철장 문이 다 닫힐 때까지 남편을 목매어 둘러본다.

매월 5일이 되면 그 장소에 서서 기다린다. 피켓을 들고 사랑이 아프도록 서 있다. 비 내리고 흰 눈이 날려도 정작 남편이 그의 앞에 와 있어도 알지 못한다. 온통 사랑과 그리움으로 기억 속에 남편을 잃어버린 것이다.

이 영화를 보면서 사랑이란 뭘까? 재차 묻게 된다. 한 여자의 가슴 속에 핀 사랑의 정체는 도대체 뭘까? 이 작가는 이 작품 속에 어떤 사랑의 모습을 설명하려 했을까?

심인성 인격장애로 인한 치매성 결핍 때문에 남편의 얼굴을 잊어버리고, 상상 속에 남편을 찾아 매월 5일이면 어김없이 역전에 나간다. 피켓을 들고 눈이 오나 비가 오나 역사로 나서는 이 여인의 지고 지순한 사랑 앞에 가슴이 뭉클하고 서늘해진다.

그를 지켜보는 남편의 마음은 또 어떠했을까?

어쩜 사랑은 세상에 하나밖에 없는 것임을 감독은 설명하려는 것 같았다. 하나밖에 없는 것은 너무도 귀하다. 다이아몬드가 아무리 귀하고 비싸다고 해도 돈만 주면 구할 수가 있다.

하지만 사랑하는 사람은 세상에 하나밖에 없어서 그 가치는 온 세상의 모든 것을 다 팔아 온다고 해도 살 수 있는 게 아니다. 사랑을 마치 장식품인 양 착각하며 값싼 돈 몇 푼에 흥정하는 오늘의 비굴한 세상을 이 작가는 양심의 폐부를 실컷 두들겨 패고 있었다.

순결하고 그 생명 다하도록 가슴에 새겨진 단 하나의 사랑을 위하여 그의 모든 삶을 다 타오르게 하는 이 고귀한 사랑의 영화가 시든 가슴을 안고 살아가는 병든 사랑 환자들에게 둔탁한 매를 들고 한 움큼씩 때리고 흔들고 지나갔다.

역시나 공리의 품어져 나오는 내면적 성숙한 여인의 감칠맛 나는 연기는 내내 그리움으로 남기에 족했다. 반면에 남편역으로 나오는 진도명의 연기는 기대 수준에 못 미쳐 작품의 아쉬움으로 다가왔다. 가을 사랑의 계절 앞에 사랑의 그 임을 온통 그리워한다면 피켓이라도 들고 역사에 나가 매월 5일 마중 나가 봐라.

상상 속에 그 임이 혹시 살포시 사랑으로 오실는지!

충무동 연가

(가) 문학 예술론적 비슷한 작품 3개

〈운수 좋은 날〉

현진건의 대표작이다.

이 작품은 아이러니로 넘친다. 아이러니는 논리나 수사학의 전유물은 아니다.

우리 인생에서도 아이러니는 인간의 운명과 우연적인 사실의 의미를 되새겨보는 계기가 되기도 한다.

아이러니는 두 가지로 나누어 볼 수 있을 것이다.

하나는 행동이나 사건의 아이러니고, 다른 하나는 표현의 아이러니다.

예를 들어 A를 목표 삼아 기를 쓰고 애썼지만, A와 정반대의 결과가 나타났을 때 우리는 그것을 행동의 아이러니 혹은 사건의 아이러니라 부른다.

이처럼 '운수 좋은 날'은 실상 '운수 나쁜 날'을 반어적으로 표현한 아이러니의 전형적인 제목이다. 그날따라 손님이 꼬리에 꼬리를 물고 몰려드는 판에 주인공은 모처럼 큰돈을 벌고 자축할 겸 술도 거나하게 먹고 설렁탕 한 그릇을 사서 집으로 왔지만, 누운 아내는 기척도 없이 하늘나라로 갔다.

주인공은 설렁탕 그릇을 내던지며 중얼거린다. 오늘따라 운수가 되게 좋더라니, 인간은 누구나 자신의 운명을 벗어나려고 안간힘을 쓰지만, 그 모든 노력이 자신의 의도와는 정반대 결과를 낳는 경우를 종종 체험한다.

그 운명을 쥐고 마음대로 주무르는 것이 다름 아닌 돈이라고 운수 좋은 날은 말하고 있다. 귀하고도 더러운 것! 겉은 꿀인데 속은 독인 것, 그게 돈이야! 이것이 바로 인력거꾼이 우리에게 들려준 마지막 충고다.

〈화수분〉

1925년 《조선문단(朝鮮文壇)》 1월호에 발표된 전영택의 단편소설 「화수분」에서 돈은 인간의 운명을 희롱하는 서글픈 아이러니를 연출한다.

아들 셋이 있는데 큰아들 장자 백만장자(百萬長者), 둘째 거부(巨富), 셋째 화수분(재물이 계속해서 나오는 보물단지), 화수분이 장가들면서 집안은 일시에 망한다.

이 소설에서도 우리는 아이러니를 발견한다.

일찍 죽은 장남 장자는 가난뱅이가 되고, 차남 거부는 거빈(巨貧)이 되고, 막내 화수분은 메마른 깡통이 되고 말았기에 세 형제의 이름과 운명은 의미 차원의 아이러니를 이룬다.

또한, 자식의 이름을 지어준 아버지의 의도는 사건과 행동의 아이러니를 낳는다.

바라던 것과는 정반대의 결말이 나고 말았기 때문이다. 결국, 이 이야기에서도 인간의 운명을 희롱하는 것은 돈과 돈에 대한 욕심이라는 것을 작가의 상상력을 통해 엿볼 수 있다.

〈백치 아다다〉

계용묵이 1935년 《조선 문단》에 발표한 소설이다. 김 초시 집안의 딸 확실이는 선천적으로 백치인데다 언어장애인이어서 사람들은 그녀가 외마디 소리처럼 지르는 말을 흉내 내어 그녀를 '아다다'라고 불렀다. 데려갈 남자가 없어 지참금을 가지고서야 처녀 귀신 신세를 면할 수 있었다.

처음 5년 동안에는 행복하게 살았다. 남편이 돈을 좀 벌게 되자, 언어장애인으로서의 아내가 미워졌고 조그만 실수가 있어도 눈을 흘기고 매를 때렸다.

결국, 시집에서 쫓겨난 아다다는 수룡이네 집을 찾아갔다. 수룡은 아다다를 진실로 아껴주는 사람으로 믿었다.

그러나 수룡에게 큰돈이 있고 또 그 돈으로 밭을 사려고 한다는 사실을 알게 되자, 절망에 빠진다. 아다다는 돈 덕분에 혼인했고 돈 탓으로 파혼했다. 결국, 돈은 그녀에게 행복이 아니다. 불행을 가져다주는 매개체였을 뿐이다. 그녀의 경험으로 보아 돈이나 땅은 사람의 마음을 악하게 만들고 행복보다는 몽둥이를 가져다주는 불행의 씨앗에 불과했다. 행복을 줄 것 같았던 돈이 오히려 불행을 준다는 아이러니에 이 소설의 비극성이 잠재되어 있다.

〈백치 아다다〉는 돈이 우리 삶을 얼마나 피폐하게 하는지 그 비극의 결말을 보여 주는 소설이다.

(나) 창작 의도 및 배경

충무동 연가(창작형 소설)는 인간 시장 하위계층에 있는 사람들의 애환을 그린 작품이다.

충무동이라는 소재는 부산하고도 고깃배들이 드나드는 항구 자갈치 시장을 접하고 있는 부산을 상징하는 바다의 거리다.

이곳에 밤이 되면 일과를 마친 고단한 일용직 노무자들이 하나둘씩 금강 파전으로 모여들고 탁자에 둘러앉은 이들은 막걸리 한 잔으로 그들의 슬픔을 달랜다.

돈이 인간의 행복을 결정하는 시계추처럼 각인된 지가 오래다. 세상에는 가진 자와 못 가진 자 이 두 종류만 존재한다는 설이 지배적으로 인식된 지가 오래이고, 이곳 소설에 등장하는 인물 대부분이 돈이라는 올가미에 거미줄처럼 얽매여 방황하다가 생의 진흙탕 속으로 질퍽거리며 나아가는, 우리네 이웃의 아련한 자화상을 그려보았다.

가진 자의 디테일은 돈에 있다. 예술의 디테일은 그 깊이를 가늠하기 힘들듯이 가지지 못한 자들은 감히 흉내를 낼 수가 없다.

그들이 정교하게 돈을 만들어가는 재주는 탁월하다. 돈이 인생 가치관의 전부일 수는 없지만, 문학을 통해서 돈의 아이러니한 함수관계를 들여다보며 그 의미를 돌아보는 것도 유익한 일이라 여겨진다.

(다) 작품들의 변별지점

충무동 연가에서 소개되는 정 씨, 최 씨, 김 씨 이들의 인생 변환곡이 연주되고 그 누구도 인생의 운명 앞에 대항할 수 없으며 엉커버린 실타래를 가위로 자를 수 없으며 색깔대로 순응하며 감사하며 살 수밖에 없다.

내 이웃 금강 파전의 파전 냄새가 밤이슬 내리는 골목길을 덮고 있다.

막걸리가 흐르는 충무도 연가, 내면의 상처를 달래주는 심장의 보약들이 응답하는 그곳에서 당신을 초대하고 싶다.

인간과 돈의 관계는 소설이나 연극, 영화와 같은 예술 장르에서 더욱 극명하게 드러난다. 고전이나 설화에서 상징적 의미로 다가오던 돈은 현대에 이르러 지극히 사실적인 양상을 보인다.

그것은 사회가 자본화함에 따라 돈이 상징하는 교환가치가 인간적인 가치를 압도하면서 필연적으로 나타나는 현상일 것이다.

자본주의 사회에서 돈이 단순한 교환의 도구가 아니라 인간 삶의 목적 자체가 되면서 서술문학이나 재현 예술에 등장하는 돈은 소도구가 아니라 주인공의 자리를 차지한다. 우리는 그 극단적인 사례를 산업혁명 이후 유럽의 사실주의 문학과 연극에서 확인할 수 있다. 우리나라 역시 개화기를 거치면서 전통적 가치가 붕괴하고 돈이 인간성을 말살하던 현실이 당시 작품에 고스란히 드러나 있다.

예술 존재 이유는 돈이 지배하는 척박한 현실에서도 밤하늘의 별처럼 빛나는 인간 심성의 아름다움을 그리는 그 기적과 같은 일에 있다고 할 것이다.

충무동 연가 (창작형 소설)

*

"바나나, 맛 좋은 바나나가 한 보따리 3천 원입니다. 어서 사러 오세요."

온종일 달려온 목소리에서 고단한 피가 흐르고 있었다.

해 넘어간 지가 몇 시인데 1톤 봉고차 뒤편에는 주인을 기다리는 눈망울들이 노랗게 변해가고 있었다.

충무동 금강 파전에는 그날도 어김없이 노을 비껴간 인생들이 하나둘씩 모여들었고 찬 기온이 내려오면서 어두운 그림자가 하얀 건물에서 낙하를 서두르고 있었다.

내 친구 노래방의 네온사인이 직사각형으로 쉴 새 없이 좌로 돌았다가 우로 찾아 정신없이 돌았다.

어제 노란 봉투를 받고 가슴 여린 검정 모나미 펜이 그려놓은 숫자가 비뚤비뚤 술잔과 같이 흔들렸다. 생산 반장의 쥐눈같이 생긴 재수 없는 얼굴이 지나갔다.

경기가 없어 다음 달부터는 최 씨 아저씨, 김 씨 아저씨는 나오지 말라는 청천벽력 같은 소리를 전해 들은 동료 처지에서 가슴이 서늘

했다.

최 씨 아저씨는 노모도 계시고 가방끈이 두 개나 더 있는데, 어쩌나 싶었다.

최 씨는 지난여름 일하다가 발을 헛디뎌 떨어진 적이 있었다. 안 그래도 좋지 않은 허리가 비가 오면 뻣뻣해지면서 거의 하체를 쓸 수 없었다.

이리저리 눈치 보며 현장 일을 도맡아 오다가 어제 최후통첩을 받았다.

최 씨는 실실 웃었다. 가눌 수 없는 설움이 찾아왔지만 웃었다. 최 씨가 웃으면서 툭 뱉은 말 한마디가 아련했다. "죽을 때까지 살면 되지 뭐." 아무렇지도 않은 표정으로 웃었다. 남자로 사는 인생이 얼마나 힘겹고 고달픈지 알 수가 없었다.

인생이 흐르는 물결이라면 지금 낭떠러지에서 뛰어내리는 장면이었으면 좋겠다고 했다. 최 씨에게 근간에 여자친구가 생겼는데 마음이 더 저렸다. 착하게 생긴, 알고 지내던 편의점에서 아르바이트하는 박 씨 아줌마였다.

생긴 외모는 그리 잘생기지는 않았지만 선한 느낌이 남자들에게 호감이 가는 인상이었다.

최 씨는 상처가 있는 사람이었다. 어쩌다 인생을 알지 못한 바보 같은 인연으로 고생만 하다가 얄미운 세월 앞에 우두커니 서 있을 뿐이었다. 알 수가 없는 것이 인생이었다.

그리 착하게 살아온 최 씨가 이런 공사판을 돌면서 병든 몸으로 허덕일 줄 차마 헤아리지 못했다. 비가 내렸다. 최 씨는 일을 일찍 마치고 뭔가 들뜬 마음으로 해맑게 미소를 지으며 우산도 없이 거리를 뛰어갔다.

허리도 아픈 양반이 그렇게 신나게 뛰어가는 모습은 처음인 것 같았다.

그녀를 만나기 위해 사랑 찾아 나서는 길이었다. 사랑이 누군가에게 이렇게 기쁨이 될 줄은 미처 몰랐다. 사랑은 빗물을 타고 최 씨 가슴을 수 놓았고 그 동력은 얼마나 힘찬 맥박이었는지 달려가는 뒷모습을 보더라도 어이 짐작하고 남음이 있었다.

최 씨를 만난 건 이틀 후였다. 초췌한 모습으로 그가 잘 가던 포장마차에 나타났다. 수염도 깎지 않은 덥수룩한 흰 수염이 삐죽거리며 얼굴 외곽으로 거칠게 돋아나고 있었다.

"아니, 최 씨 아저씨, 왜 이래요?"

"힘이 없어 보여요. 뭔 일 있는 거예요?"

소매 끈을 잡아당기듯이 최 씨에게 달려들었다. 최 씨는 힘없는 눈동자를 아래로 아니 지하수 수십 미터로 내려가며 죄 없는 술잔과 간음했다.

계속되는 성가신 질문에 최 씨는 툭 한마디 피를 토했다.

헤어졌다고 하며 순간 미간을 흔들며 괴로운 몸짓으로 이별을 말했다.

하늘의 해도 염치없이 온종일 보이질 않았고, 주섬주섬 비만 슬프게 내렸다.

빗방울이 거세져 최 씨 안경을 뒤덮고 떠나간 해맑은 그녀를 찾기에 안간힘을 쓰고 있었다. 사람이 사람에게서 정을 주고 그 정을 분리한다는 게, 얼마나 위험하고 괴로운 일인지를 그때 알았다. 왜 이별의 통보를 받았는지 묻지 않았다.

사랑 그놈, 쓸쓸한 그놈이 최 씨의 빈 가슴을 횅하니 돌고 나쁜 놈처럼 사라졌다.

그날도 최 씨는 성치 않은 몸을 이끌고 공사장에 나왔다. 애써 웃어 보이는 흰 이빨이 그날따라 겨울의 앙상한 나무 가시를 보는 것 같아 더 아리게 다가왔다.

아침 회의를 마치고 작업반장이 최 씨를 불렀다.

최 씨는 단두대에 불려가는 죄수처럼 직감적으로 외로운 섬사람이 되어 힘없이 이층 사무실로 올라갔다. 사무실 미스리는 최 씨를 힐긋 쳐다보며 차를 권해왔다.

"자 앉지."

자리를 권하는 작업반장의 표정은 평소와 다름없이 밝아 보였다.

"미스리, 우리 커피 두 잔 부탁해."

"네, 알겠어요."

맹랑한 아가씨의 목소리는 둔탁한 사무실 공기를 맑게 했다.

미스리는 숙련된 솜씨로 맛없는 커피를 재미나게 타고 있었다.

감색 원피스를 입었는데 그날따라 예뻐 보였다.

"최 씨 아저씨, 설탕 하나만 넣을까요?" 하고 외쳤다.

"아니, 두 개 넣어 줘."

최 씨는 둔탁한 목소리로 주문했다.

커피 두 잔이 탁자 위에 배달되었고, 서로의 숨 가쁜 호흡이 춤을 추었다.

"어서 드세요."

반장이 커피잔을 들면서 최 씨에게 권했다.

"아, 예, 고맙습니다."

김이 모락거리는 커피잔을 입술에 갖다 댔다. 커피는 시커먼 가슴을 더 검게 먹칠했다.

반장은 내려오는 안경을 걷어 올리며 말한다.

"최 씨, 우리 회사에 언제 입사했죠?"

"아, 네, 2012년 여름에요."

짤막하게 대답했다.

반장은 조심스럽고 나직한 목소리로 최 씨에게 다가갔다.

"최 씨, 그간 자네와 맺은 인연을 생각하면 차마 이 말을 하려니 말이 떨어지지 않네. 이번에 회사에서 경제 상황이 좋지 않아 자네 부서를 정리하게 되었네. 자네도 알다시피 물량이 너무 줄어 나도 그만둘 판이네. 어쩌다 이 지경이 되었는지…."

반장은 담배를 입에 물었다.

"자네도 한 대하게."

반장은 하얀 천사와도 같은 담배를 건넸고, 라이터 불을 입술로 가져갔다.

최 씨는 못 하는 담배를 물고 길게 빨아 당겼다.

갑자기 입안으로 점령되는 일산화탄소들의 반란 때문인지 헛기침을 두 번 했다.

외롭고 허한 담뱃잎들은 파도를 타며 서로를 밀어내기에 바빴다. 시커먼 연기가 폐로 들어가 콧구멍을 지나 세상 밖으로 실실 자유롭게 날아다녔다.

"다름이 아니라, 이번 인사 조처로 자네와 인연은 오늘까지가 마지막이라네. 자네 형편도 누구보다 잘 알지만 어쩌겠나, 위에서 시키는 일이니, 나라도 무슨 뾰족한 수가 있겠나, 이해하시게나."

최 씨는 담배를 힘차게 빨았다. 타다 남은 재는 이별을 고하는 말 한마디가 떨어지기가 무섭게 급하게 낙하했다.

"미스리!" 반장이 호출했다.

"예!" 곱상한 미스리가 달려왔다.

"어제 준비된 거 있지?" 이미 서로 약속이 되어있는 사실을 주고받았다.

"아, 네, 알겠습니다." 미스리는 지시에 따라 미리 준비해놓은 노란 봉투를 찾아 반장에게 건네주었다.

"이거 얼마 안 되지만, 그간 자네 노고에 회사가 성의를 표시한 것일세." 노란 봉투를 최 씨에게 건넸다. 최 씨는 그 순간 눈동자에서 흰 파도가 밀려와 사무실을 덮었다. 작업반장은 일어나 최 씨 어깨를 두드리며 "좋은 직장 알아보게나." 안타까운 표정을 지으며 "최 씨, 나는 현장 일이 바빠 이만 일어나겠네." 반장은 뒤도 돌아보지 않고 사무실을 빠져나갔다.

밖은 더 굵은 빗방울을 뿌리며 최 씨의 텅 빈 가슴을 시리게 했다.

최 씨는 웃었다. 아픈 허리를 한쪽 손으로 기대며 독백했다.

'죽을 때까지 살겠지.' 하늘을 향해 미소를 지어 보냈고, 하늘은 듣지도 않은 채 거센 빗방울로 최 씨의 바짓가랑이를 흠뻑 물들이고 있었다.

내 친구 노래방에 새로운 여신이 왔다는 소식은 얼마 가지 않아 금강 파전 식구들에게 퍼졌고, 과거는 모른다는 김 씨도 그날따라 허전한 마음을 달랠 겸 내 친구 노래방에 갔다. 이층에 있는 한 층을 더 올라가야 하는 수고로움이 있었지만, 새로운 에이스를 만난다는 들뜬 기분에 뛸 듯이 계단을 올라갔다.

벽면에는 허기진 짐승들을 유혹하는 포스트가 여기저기 요염하게 눈웃음을 치고 있었다. 이층으로 들어서는 순간 대문 탐지기에선 요란하게 손님이 왔다는 뻐꾸기 소리가 급하게 울려 퍼졌다. 방이 다섯 개가 되는데 그날도 쉴 새 없이 돌아갔다. 마담 언니는 생글생글 웃으며 김 씨를 맞이했다.

"아이고, 서방님. 오랜만에 오셨네! 어디 갔다 오셨소, 통 안 보이는 게. 하하." 살며시 다가와 팔짱을 끼고 어두침침한 방으로 김 씨를 안내해 들어갔다.

천장에는 둥근 지구가 뱅글뱅글 돌고, 옆방에서는 송대관의 「네박자」가 흘렀다. 쿵짝 꿍짝 네박자 속에 사랑도 있고 슬픔도 있고 이별도 있네, 울고 보는 인생사 모두가 꿍짝이라는, 인생철학 메시지가 귀를 헤집고 들어와 가슴팍 어딘가에 저벅거리고 돌아다녔다.

아방궁에 들어온 이상 정신을 풀고 가야 하겠다고 생각했다.

마담 언니는 잽싸게 맥주 서너 병과 안주를 챙겨서 테이블 위에 놓고 맥주를 잔에 넘치도록 붓고 김 씨에게 건네며 쭉 들이키라 충동질했다. 갈증이 심했던지 맥주는 단숨에 식도를 타고 위장에 도착하자마자 칼로 변하였다. "천천히 드세요. 뭐 그리 급하세요." 마담은 숨넘어가는 술잔을 걱정스럽게 바라봤다.

지난주 금요일 택시 영업을 할 때였다.

뒤에서 누가 툭 박았는데 그때 충격이 있었는지 영 허리가 좋지 않았다.

알고 보니 아는 형이라 인색하게 요구할 수 없는 처지라 이래저래 난감한 상황이었다.

김 씨가 회사를 정리하고 택시회사에 취직한 것은 얼마 전의 일이었다.

나이 먹어 딱히 기술도 없어 눈치 안 보고 일할 수 있는 게 이 일밖에 없었다.

김 씨에게는 노모가 있었다. 모친은 어쩌다 행상을 하시다가 넘어져 허리를 심하게 다치셨다. 거동이 불편하여 좁은 아파트 한 쪽방에서 세월의 인고를 날마다 세고 계셨다. 급기야는 대변을 가리지 못하는 치매성 질환으로 온 집안을 지옥으로 만드셨다.

이 아픈 노모를 앉고 몇 번이나 죽음을 택할까, 열두 번도 탄식했다. 어느 날, 택시 운행을 하는 데 한 여성 손님이 탔다.

"저기요." 대성산 암자까지 갈 수 있겠냐는 그녀의 말에 가는 길이 순탄치 않아 거절할까 하다가 그냥 승낙하고 차를 그쪽으로 몰았다.

해는 서쪽으로 달려가고 있었고 그의 마음은 이미 산을 넘고도 까만 숯덩이가 되었다. 비포장길로 들어서면서 길 포장 상태가 좋지 않아 울렁거리는 파도를 타는 듯했다. 한마디도 없이 절간에 도착하여 그녀는 내리고 잠시 기다려달라는 부탁과 함께 곧장 경내로 들어갔다.

사군대왕이 날쌔게 치켜선 눈동자에 그만 주눅이 들었다.

김 씨도 마음을 달랠 겸 경내로 들어가 부처상 앞에 엎드렸다.

한데 이게 웬일인가, 갑자기 쏟아져 흐르는 눈물을 주체할 수 없었다.

눈물이 비 오듯이 온 상의를 젖게 하고 흐느껴 울었다.

얼마나 지났을까?

어느 여인이 하얀 손수건을 내밀었다. 좀 닦으시죠, 눈물 콧물 범벅이 된 얼굴을 닦아 주었다.

잠시 정신을 차리고 바라본 여인은 다름 아닌 이곳까지 같이 온 그 여자였다.

자세히 보지 못했지만, 지금 자기 앞에서 온정을 베푸는 사람의 눈빛에도 물기가 서려 있었다.

둘은 경내로 나와 졸졸 흐르는 감로수 한 잔을 떠서 시원스럽게 마셨다.

김 씨는 담배를 피워 물었다.

발간 노을처럼 빨려 들어가는 연기는 고통을 토해내는 짙은 울음 같은 것이었다.

여자가 한마디 했다.

"많이 힘드시나 보죠?"

축 처진 어깨 위로 피어나는 인생의 고달픈 질문을 아프게도 했다.

이제 가시죠, 발길을 옮기는 그녀의 발걸음도 겨울의 침묵을 물었다.

돌아오는 차 안에서 이런저런 질곡 있는 얘길 나누며 남녀는 서로를 위로했다.

그녀는 예상했던 금액보다 훨씬 많은 돈을 건네주었다.

"아니 이렇게 많이 주시면 어쩌냐…" 김 씨는 돌려주려 했지만, 그녀는 완강히 거부하며 발길을 돌리고 몇 발자국 가다가 다시 돌아와서 명함 한 장을 건네주고 갔다.

언제 시간 되시면 들려달라는 설명과 함께 꽃 모양 실크지에 수놓은 명함 한 장을 김 씨 가슴에 꽂아두고 홀연히 떠나갔다.

*

정 씨 아저씨가 새벽어둠이 채가시기 전 집을 나선 시각은 새벽 4시를 조금 넘고 있었다.

160만 명의 새벽 인력들이 길에서 찬 기운과 씨름하며 못난 손을 주머니에 찔러 넣고 발가락을 총총거리고 있었다.

소개비 단돈 만 원이라도 아끼려고 언 땅에서 수없이 서성거려야 했다.

봉고차가 저기서 달려왔다.

여러 사람을 흥정하고 혹시 전기 잘 보는 사람 없느냐고 에둘러 찾았고, 여기저기서 자기가 잘한다고 앞다투어 설쳐댔다.

일당을 조금이라도 덜 주려고 외국 노동자들을 반값으로 실어 가고 나면, 텅 빈 가슴에 남은 겨울의 자국들은 날카롭게 정 씨 가슴을 또 한 번 조각내고 지나갔다.

어차피 오늘은 걸렀나 보다, 나이 먹은 날 누가 데려갈까 싶어, 허탈한 맘 발길을 옮겼다.

편의점으로 들어갔다.

안경 쓴 직원이 무얼 찾으시냐고 물어왔다.

"아냐 내가 가져올게."

컵라면과 소주 하나를 주섬주섬 언 손으로 감싸 안고 계산대에 올려두었다.

3,700원이라는 직원의 말에 호주머니를 뒤졌다.

꼬게 접힌 5,000원짜리를 주며 잔돈을 받았다.

한쪽 구석진 테이블로 가서 방금 산 컵라면에 뜨거운 물을 붓고 잠시 기다렸다.

컵라면을 언제까지 먹어야 할지 한숨을 쉬며 푸른 소주 한 잔을 들이켰다.

차가운 술이 식도를 타고 기약 없는 여행을 떠났다.

그제야 컵라면 해동 시간이 다 되어 면발이 부드러워졌다. 젓가락은 매일 하는 일이라 어떤 시늉도 없이 정 씨가 하자는 되로 움직였고, 춥고 허기진 배 안은 차츰 불빛을 찾기 시작했다.

소주 한 병과 컵라면을 단숨에 해치우고 또 비정한 거리로 나섰다.

가방에는 현장에서 입을 작업복, 작업화가 들어 새근새근 자고 있었다.

어쩌다가 이곳까지 왔을까? 그리고 어디로 흘러가는 것일까?

담배 하나를 또 피워 물었다.

울려고 왔을까? 웃으려고 왔을까? 비린내 나는 부둣가에 이슬 맺힌 한 나그네였다.

내일은 일터에 나가서 일당이라도 벌어야 할 텐데, 아픈 아내가 눈에 밟혀 가슴이 울렁거렸다.

바람이 거세게 불어왔다.

코끝에 맺힌 인생의 무게가 글썽거리다가 차가운 아스팔트에 나뭇잎처럼 떨어져 뒹굴었다.

정 씨도 한때는 잘나가는 사업가였다. 절친한 친구가 좋은 기회가 있다며 거창한 계획을 일일이 설명하며 정 씨를 꼬드겼다.

필리핀에서 보트 사업을 하자는 제안이었다. 그곳은 휴양지이고 세계적으로 유명한 곳이라 이번 기회를 놓치면 평생 후회한다며 침이 마르도록 칭찬했다. 고교 시절 둘도 없는 사이로 한 번도 그게 터무니없는 사기극인 줄 꿈에도 몰랐다, 자기 아내도 너무 좋은 마지막 기회라며 눈웃음을 치며 응원을 아끼지 않았다.

그놈하고는 거의 형제처럼 지냈다. 집구석 숟가락 개수까지 알 정도였고, 막내 삼촌 아들 중매까지 성사할 정도로 가족 간에 더 없는 막역한 관계였다.

정 씨도 하던 사업이 매출이 점점 떨어지고, 은행 부채가 하나씩 늘어갈 즈음 고민을 많이 했다. 어떻게든 새로운 변화를 도모해야 하는 시기였기에 절친의 제안은 솔깃하게 들려왔다.

행여나 싶어 필리핀 현지답사도 해보았고 나름 알아보기도 하였다.

정 씨의 크나큰 단점 중의 하나가 남을 너무 잘 믿었다.

계약금과 공사 진행비를 포함 17억 원이 들어가는 큰 사업이었다.

하루는 정 씨 아내가 꿈을 꾸었는데 구렁이가 집을 삼키는 꿈을 꾸었다며 느낌이 안 좋다며 한사코 말렸다.

하지만 정 씨는 뭔가 꼽히면 돌아볼 줄 모르는 급한 성격의 소유자인지라, 덜컥 계약하고 일 진행을 일사천리로 시작했다.

처음에는 그럴싸하게 진행되었고, 조금도 의심의 여지가 없어 보였다. 그러나 얼마 지나지 않아 잔금이 지급되고 나자, 서서히 마각을 드러내며, 어느 날 절친은 종적을 감추고 말았다.

하늘이 무너지고 까만 별들이 정신없이 자신을 두들기고 있었다. 그 돈은 정 씨 재산을 통틀어 아니 은행에서 대출받고 사금융까지 끌어모아 투자한 생명 같은 돈이었다. 큰딸이 시집가려고 모아둔 그 돈마저도 딸에게 사정해서 빌려왔던 돈이다.

사고가 나자, 아내는 그 충격으로 뇌혈관이 터져 몸져누웠고, 아이들은 뿔뿔이 흩어져 살게 되었다.

정 씨가 한때 무역 일을 하면서 못된 놈들이 컨테이너로 해상에서 장난을 쳐서 물건은 빼돌리고 컨테이너 안에 쓰레기를 넣어 받는 어처구니없는 사고도 경험한 바 있지만, 운명처럼 다가온 순간, 눈 앞을 가리는 일에는 어쩔 수가 없었다.

항간에 법조계 모 판사가 전화 금융사기에 거액을 사기당하는 사건이 발생했다고 뉴스를 장식하는 것만 봐도 사람 일이란 통 알 수가 없는 노릇이었다.

그놈을 비롯한 가족 모두가 동원된, 기획된 사기극에 온순한 정 씨가 걸려든 것이었다.

정 씨가 이른 새벽 한 많은 두만강을 부를 줄이야, 누가 알았겠는가? 어둑어둑한 골목길 깊은 곳에 정 씨가 세 들어 사는 집이 있고 몸져누운 아내가 뒤척이고 있을, 암담한 하늘 아래 해괴한 일들이 끊임없이 쏟아져 일어났다.

특히 뒤늦게 소식을 접한 딸아이가 달려와 정 씨를 붙잡고 통곡을 했다. "아빠 안돼, 그게 어떤 돈인데, 어떤 돈이냐고, 다음 달 날 받아

났잖아, 난 어쩌라고." 부끄러움도 모르고 길가에서 엎드려 통곡했다.

정 씨는 눈을 돌리지도 못하고 비 오듯 쏟아지는 분노를 가슴으로 담고 비틀거리고 있었다.

이놈! 이런 쳐 죽일 놈…!

*

최 씨가 프레스 공장에 취직했다. 차가운 거리를 걷다가 우연히 먼지 뿌연 전봇대에 붙어있는 구인 광고가 눈에 들어왔다 주야간 근무할 사람을 찾았다. 이것저것 따질 형편이 아닌 최 씨는 휴대전화를 꺼내 곧장 공장 전화번호를 눌렀다. 신호음이 가고 카랑한 남자 목소리가 들려왔다.

"죄송한데요, 회사 위치가 어디쯤인가요?"

서둘러 묻는 최 씨에게 남자는 장림공단을 아시냐고 물었다.

"아, 네. 알다마다요."

남자는 이렇고 저렇고 위치를 세세히 일러주었다. 하늘에는 실밥이 풀려 정신없이 거리를 감고 있었다. 어디 보자 여기서 갈려면 3번 버스를 타야겠다며 터벅거리는 발걸음을 정류장으로 옮겨갔다.

집채만 한 버스가 도착하고 바쁜 마음으로 올라탔다. 감사하다는 말이 조그마한 곳에서 쉴 새 없이 참새처럼 조잘댔다.

아, 오늘 감사할 일이 생길 줄 모른다는 기대감이 차올랐다.

부산은 몇 년에 한 번 올까 말까 한 눈 소식에 모두 흥분되어 있었고, 거리에는 깔깔대며 젊은이들이 연신 셔터를 누르며 행복을 담기에 분주했다.

막내딸 생각이 늘 가슴을 눌러왔다.

그 애는 눈이 좋아지질 않아 시력이 갈수록 떨어져서 늘 불안한 마음 가눌 길 없었다.

시간 되면 병원을 찾아 세세히 검진받고 싶었다.

남자의 공장을 찾아 사무실에 도착했다.

검정 뿔테를 끼고 낯선 이방인을 물끄러미 쳐다보면서 말한다.

"이 일 할 수 있겠어요? 이 일은 주야 교대근무를 해야 하고 프레스 작업이란 게 조금 딴 생각하면 사고가 나는 일이라서…"

깡마른 남자가 연신 최 씨에게 공격하고, 최 씨는 방어로 산을 넘고 있었다.

현장에서 "쿵쿵" 방아 찧는 소리가 연이어 들리고 현장 노무자들은 정신없이 생산제품을 운반했다.

몸은 힘들어도 막내 생각을 하면 아무것도 아니었다. 남자가 제시한 근무조건에 흔쾌히 수락하고 사무실을 나올 때, 간만에 하늘을 나는 기쁨이 잠시나마 밀려왔다.

막내 미화는 어릴 적 얼음판 위에서 놀다가 넘어졌는데, 그만 얼음판 위에 솟아있는 뾰족한 돌부리에 부딪혀 시신경에 깊은 상처를 입었다.

의사 말로는 어쨌든 나이가 더 들기 전에 수술해야 한다고 강권하였다. 시기를 놓치면 실명에 이르게 된다고 폭탄선언을 해왔다. 하늘이 이렇게 검은색을 좋아하는지 그때 알았다. 미화가 다섯 살 때 급성 췌장암으로 제 어미를 잃고 겨울 산처럼 하얗게 살아온 아이의 눈 어딘가에 제 엄마가 사는 듯했다.

아이가 눈을 잃으면 나는 어이 살까, 늘 애타는 마른 잎처럼 살아온 그의 가슴은 온통 딸자식의 건강뿐이었다.

허기진 바람이 식당으로 찾아와 문을 두들겼다.

온종일 복잡한 생각들이 토끼 놀이를 하고 나는 술래가 되어 어둠을 헤매고 있었다.

"아줌마, 잔치국수 하나 주세요. 국물 따뜻하게 말아 주세요."

"네, 아저씨. 거기 따뜻한 그곳에 앉으세요."

연탄난로는 중앙에서 터줏대감처럼 버티고 열 자랑을 했다.

젊은 연인처럼 보이는 아이들 둘이서 시시덕거리며 국수를 먹는다. 노란 달이 식당 안으로 들어와 굴러다녔고, 아주머니는 진한 멸칫국물을 사십오도로 기울여 얼마 남지 않는 멸치의 마른 물을 그릇에 붓고 있었다.

"아줌마, 김치 좀 주세요!" 소리쳐 불렀다. 거기서 들려오는 소리는 "셀프예요, 그쪽 비치된 김치통 보이죠, 알아서 드실 만큼 떠 잡수세요!"

아줌마의 호된 목소리를 들으며 김치를 가지고 왔다.

김이 모락모락 나는 국수가 탁자 위에 놓이고 허기진 젓가락은 쉴 새 없이 노 저어 갔다.

노을 지는 고독을 건디는 마음에는 아무것도 바라지 않고 아무것도 두려워하지 않는 어둠만이 창백한 분노로 그들을 회오리치게 했다.

충무동 금강 파전은 여전히 타다 떨어진 낙엽들이 울긋불긋한 얼굴로 서로를 대하며 위로의 술잔을 나누었다.

정 씨의 얼굴은 가을날 고독한 은행잎처럼 바닥에 달라붙어 일어설 줄 모르고 있었다.

"이보게 친구야, 힘내게나. 내일 새벽 일어나려면 힘들 텐데, 일찍 가서 쉬어야지. 진영에 감나무밭에 일하러 간다며."

최 씨는 걱정스러운 눈빛으로 술 그만 마셨으면 했다. 작년 이맘때 정 씨가 위궤양으로 음식도 못 먹고 토하며 샛노랗게 고통받던 일을 기억하기에 더욱 그랬다.

정 씨가 건설 경기 둔화로 일자리를 얻지 못해 닥치는 대로 옮겨 다니며 남은 육신의 고름을 짜내는 데 주저함이 없었다.

김 씨는 막걸리 한 잔을 사발에 담고 말없이 꿀떡거리며 마셔댔다.

"장모님, 파전 하나 더 주세요."

금세 비어버린 쟁반을 지켜보며 외쳤다.

얼굴이 둥글고 두꺼운 코는 납작하게 붙었고, 곱슬머리 파마는 야무진 중년의 여성상을 대변해주었다.

그녀 신랑은 작년 위암으로 고생하다 세상을 하직했다.

암 종양이 위쪽에 붙어 있어 어디 손쓸 재간도 주지 않은 채 시름거리다가 6개월 후 그녀와 쓴 이별을 했다.

그래도 씩씩한 여자는 거리의 대폿집을 유지하며 생활의 강인함을 보여 주었다.

여 주인장의 애교 있는 목소리는 여전히 카랑카랑했다.

"아이고, 우리 사위. 뭐 좀 더 줄꼬."

웃음 띤 얼굴로 꺼져가는 술꾼들의 심장을 보살폈다.

최 씨는 정 씨와 웃으면서 김 씨에게 "니는 아무나 보면 장모라 카노." 허허 한바탕 웃었다.

골목 한쪽으로 품바 변장을 한 여장 남성이 품바 타령을 녹음테이프에 틀어놓고 지나가며 술꾼들에게 엿을 팔고 있었다. "얼씨구 돌아간다, 절씨구 돌아간다, 작년에 왔던 각설이가 눈물져 또 왔네, 얼씨구 들어간다." 엿 바구니를 최 씨에게 들이대며 하나 사달라고 조른다. 최 씨는 원래 인정이 많고 거절하기가 미안하여 뒷주머니에 넣어 주었던 지갑을 꺼내 들고 만 원짜리를 주었다.

잔돈을 주려는 품바 여장에 엿 한 봉지만 놔두고 가라 하며 잔돈은 그냥 놔두라 한다.

찬 공기에 옷도 헐거운 것을 입고 떠도는 품바가 어쩌면 자기와 닮았다는 생각이 들었는가, 그런 온정을 베풀고 있었다. 정 씨는 역시 우리 최 씨 인정은 알아줘야 한다며 한껏 치켜세워 주었다.

넉살 좋게 세 명은 시들어가는 밤하늘을 바라보며 시큼털털한 막걸리로 타는 가슴을 씻어내기에 바빴다. 축축한 그들의 일상은 들판에 허수아비처럼 고단하고 외로웠다. "나도 타다, 떨어진다." 하는 김 씨의 가을 독백을 들으며 금강 파전의 충무동 연가가 저물도록 울려 퍼졌다.

속이 칠흑 같은 친구들의 짙은 어둠 속을 지나는 희미한 빛은, 구원을 찾는 한 조각의 절실함과 날마다 처연히 싸웠다.

스산한 인생이 만들어 놓은 주름진 친구들의 얼굴 위로 노을이 그날따라 야릇하게 번져나가고 있었다.

욕심 많은 사자의 최후

마을은 예전이나 지금이나 다름이 없었다. 늘 평화로웠고, 농사도 잘되어 타 이웃들은 부러워하는 마을이 되어있었다. 마을에는 해마다 제사를 지내듯이, 또한 어려운 일을 당하거나 전염 예방한다는 차원에서, 동물 사자는 엄격한 기우제를 하늘에 지극 정성으로 드렸다.

그러니까 여우가 새끼를 여러 해 동안 낳지 못한다는 소문이 파다했고, 본인은 늘 죄인처럼 동굴 밖으로 나타내는 법이 없었다. 그러나 오월이 오면 왕국 전체가 하늘에 제사를 모셨다. 가정마다 힘겹고 어려운 일이 발생하면, 지극 정성으로 제사를 지냈다.

사바나의 왕인 사자는 턱수염에서부터 이빨 그리고 꼬리, 갈기 상태에 이르기까지 세심하게 용모를 갖추었다. 옷은 제일 좋은 비단옷으로 갈아입고 위엄있는 모습 권위 그 자체였다. 너도나도 5월 기우제를 맞이하여 불운을 내쫓고자 준비가 한창이었다.

5월 셋째 주에 기우제를 드리는데 이 기간에는 일체 싸움이나 다툼은 일어나지 않는다. 사자와 호랑이가 싸울 수 없고 원숭이와 다람쥐가 호적질을 할 수 없었다. 만일 누구라도 나쁜 일을 벌이면 부정을 타서 그들의 소원을 들어주지 않는다는 이야기가 전해오기에 더욱 그랬다. 점점 정해진 날이 다가왔지만, 워낙 심한 가뭄에 동료들이 죽어 나가고 있었다.

하이에나는 애써 일할 필요도 없었다. 여기저기 사체가 가득했다. 사바나 동부지역 왕인 사자는 그날도 비장한 마음으로 머리를 풀고 삼베옷을 입었다. 산꼭대기에서 불을 피우기 시작했다. 자작자작 불이 하늘로 올라가며 온 사방이 연기로 가득했다. 기우제 불 담당은 여우가 책임을 맡아 여러 땔감이 부족하지 않게 정성스럽게 준비하였다. 만일 준비하는 데 부족함이나 소홀함이 발견되는 즉시 가차없이 냉혹한 처벌을 받아야 하기에 더욱 세심하게 준비하였다. 대왕 사자가 동부 마니산에 올라가기 시작했다. 빠른 동작과 튼실한 앞다리와 떡 벌어진 어깨는 누가 보더라도 외모에 압도당하기에 조금도 부족함이 없었다. 산 정상에는 이미 여러 음식이 가지런히 준비되어 있었고 모두 기우제에 대한 소망이 가득했다. 만일 앞으로 3일 안에 비가 오지 않으면 살아있는 식구 중 절반 이상이 죽어야 하는 절체절명의 환경에 놓여 있었다. 대왕 사자는 정상에 서서 소리를 질렀다. 비를 달라고, 더욱이 그가 아끼는 암사자 새끼 세 마리를 묶어 제단에 바쳤다. "경경"대는 어미 암사자의 눈에서 눈물이 "주르륵" 흘러내렸다. 이러한 제사 모습은 삽시간에 알려졌고 모두 존경을 표했다. 동쪽에서 바람이 불어왔다. 처음에는 살랑거리다가 점차 센 바람으로 큰 나무조차도 흔들거렸다.

불은 하늘 높이 올라가고 있었고, 모든 식구는 산 아래 머리 숙여 제사를 정성껏 드렸다. 너무나 정성을 다한 탓에 하늘도 감동하고 빗방울을 톡톡 흘려보내 왔다.

"비다! 와!" 동부 사바나에는 우렁찬 환호가 울려 퍼졌다. 산골짜기에는 물이 괄괄 흐르기 시작했고 갈증에 시달린 나무들은 색색이 춤을 추고 있었다. 동부 사바나에 평화가 찾아왔다. 동부에 비가 흡족히 내려 동식물들이 번성을 누린다는 소문이 파다하게 남부 지역 사바나에 들어가게 되었다. 남부 사자 두목은 전투에 능하고 아주 성질이 난폭해 감히 그의 말에 토를 다는 이가 없었다. 심지어 어미 새끼도 마음에 안 들면 물어 죽이는 사례도 흔한 일이었다. 암사자는 그의 성미를 알기에 변명하거나 시끄럽게 하는 일은 결코 할 수 없었다. 동부 사바나는 기우제 일로 모든 동물이 단결이 잘되는 것 같았으나 얼마 지나지 않아 정신이 흩어지고 말았다. 기후가 한 번 몸살을 겪은 뒤로 대지에는 푸른 꽃들과 열매로 가득 차게 되었다. 이렇게 평화로운 동부지역의 사바나는 고요하게 살아가며 태평성대를 누리며 살았으면 좋았을 텐데, 동부 사자의 심장에 문제가 생겼는가 연일 병간호를 맡은 다람쥐는 숲속에서 병에 좋다는 열매는 다 따다가 다려서 대왕의 병을 치료하는 데 극진히 노력을 다하였다. 동부 사자는 산등성에 서서 들판을 바라보았다.

누런 들판과 가시 열매를 천진스럽게 먹고 있는 기린도 보았고 두더지들이 흙을 파면서 자기 집을 짓는 모습도 눈에 들어왔다. 심장이 두근거리고 아팠다. 내가 죽고 나면 누가 이 동부 사바나의 평화를 책임질까? 근심어린 눈으로 광야를 바라보았다. 그러는 사이 남부 사바나에서 문제가 생겼다. 우기가 왔는데도 비가 오질 않아 온 땅이 거북이 등처럼 갈라져 가시처럼 거칠어져 있었고 동물들도 한 줌의 물을 얻고자 혈안이 되어 있었다.

서로를 배려할 줄 몰랐고 물이 조금이라도 있는 곳을 알면 서로 자기 것이라 싸우고 아우성치며 으르릉거렸다. 사정이 이렇게 돌아가다 보니, 남부 사바나 사자도 생각을 달리하기 시작했다. 이러다가 남부 사바나가 통째로 없어질 수 있겠다는 생각이 갑자기 밀려왔다. 등줄기에서 땀이 나기 시작했고 콧등이 발갛게 부어올랐다. 남부 사바나 동물 간부들의 회의를 긴급 소집했다. 남부 사자의 말은 곧 법이었다. 소집 소식은 쥐 당번이 쏜살같이 전하며 그들 구역의 정자로 불러들였다. 회의가 시작되고 하나둘 정시에 모여 똘망한 눈망울로 사자를 바라보고 있었다. 워낙 중차대한 일이라 모두 위기의식을 가지고 있었다.

회의 진행을 맡은 꼬리가 긴 여우는 오늘 이 모임의 성격을 간략하게 설명하였다.

다름이 아니오라 이곳 사바나에 예전에 없던 비가 오질 않아 생존의 위급 상황이 발생하여 사자님께서 소집하였습니다. 대왕의 말씀을 듣는 자리인 만큼 각자 잘 듣고 실천해달라는 당부의 얘기까지 친절히 전했다. 그리고 그 포악한 남부 대왕을 소개했다. 사자가 정자 한가운데로 나타나자 모인 간부들은 한결같이 존경의 의미로 한 십여 초 동안 떠나갈 듯 소릴 질렀다. 사자는 등단에 서서 한동안 말을 아끼다가 말을 이어갔다.

여러분도 아시다시피 남부에 비가 오질 않아요. 그래서 이대로 가다간 다들 죽을 수도 있어요. 그래서 말인데 중대 결심을 하였습니다. 동부 사바나는 비도 많이 오고 열매도 풍성하고 땅이 비옥해서 살기가 너무 좋다는 소식을 전해 들었습니다. 또한, 하늘이 우릴 돕는 소식은 동부 대왕이 병이 들었다는 소식입니다. 그래서 이참에 동부 지역을 탈환하고자 하는 계획을 세웠습니다. 전쟁이란 그리 쉽지 않지만, 우리 자손의 번영을 위해서 그리 결정한 일이니, 결정에 따라 움직여 주시기 바랍니다. 남부 대왕의 말투는 비장했고, 연설을 듣는 누구도 토를 달거나 이의를 제기하는 사람이 없었다. 남부 대왕의 성격은 잔인하고 포악하며 자식들도 가차 없이 물어 죽이는 비정한 성격의 소유자였다. 그의 말은 법이었다.

우리의 비밀 탐정 까마귀를 한 일주일 그곳을 탐색하러 보낼 테니 전쟁 준비에 만전을 기해달라는 명령이 떨어졌다. 뿔뿔이 회의를 마치고 돌아가는 나이 많은 너구리도 이 상황은 어쩔 수 없다며 우리가 살아야 한다며 백번 긍정적 표현으로 친구들을 다독이고 있었다.

그때 까마귀는 동부지역을 날고 있었다. 모두 태평성대를 누리고 있었고, 곳간에는 먹을 양식이 풍부했고 누구나 근심 없는 평화로운 일상을 보내고 있었다. 경계서는 보초병도 없었고 동부 대왕은 워낙 싸움을 좋아하지 않는 온화한 사자라 군대 훈련 같은 자체 훈련도 없는 그야말로 순둥이 나라였다. 나라가 너무 태평하니 저녁마다 파티를 열고 술과 고기로 연락을 누리고 있었다. 그리고 동부 대왕의 병이 갈수록 호전되기는커녕, 더 악화하였다는 소식을 전해 들었다. 까마귀는 더 이상 탐사하는 것은 무의미하다고 느끼고 서둘러 고향으로 발길을 돌렸다. 남부 대왕은 정자 위에서 왔다 갔다 하면서 소식 오기를 손꼽아 기다렸다.

마침내 희색이 만연한 모습으로 까마귀가 정자 위에 도착했다. 성미 급한 대왕은 어서 사정을 얘기해달라며 상황을 물어봤다. 까마귀는 보고 들은 얘기를 숨김없이 다 아뢰었다. 대왕은 입가에 미소를 지으며 침을 질질 흘리고 있었다. 생각할 게 없구나, 그럼 다음 주 월

요일 동부를 치러 가자. 그전에 너는 작전에 실패함이 없도록 필요한 지혜를 나에게 가져오느라. 까마귀는 깊숙이 절을 하고 물러났다. 남부 대왕은 속으로 생각했다. 승리는 우리 편이구나, 동부를 식민지로 만들 수 있는 절호의 기회구나 싶어 기분이 좋아 어쩔 줄 몰라 했다. 오랜만에 사자는 긴 시간 잠을 잤다. 동부 사자의 병세는 더욱 안 좋아졌고 왼쪽 다리 뒤쪽도 전에 전투에서 뿔소와 다투느라 뒷다리 상처가 생겼는데, 덧나서 피부에 괴사가 진행되고 있었다. 동부 사바나 식구들은 이 사실을 아무도 몰랐고 그와 가까이 지내는 호랑이에게도 일절 발설하지 말라는 엄명이 있어 누구도 알지 못했다. 드디어 그날이 왔다. 수요일 저녁 동부 사자의 생일 파티가 끝나고 모두 술에 취해 잠이든 새벽 두 시경 공격하기로 계획이 되어 있었다. 까마귀의 신호에 따라 그들이 자는 거처에 불을 붙이고 거동이 불편한 동부 대왕은 남부 대왕이 직접 처리하기로 하였다.

드디어 그날이 왔다. 동부 정자에는 간부들이 모여 대왕의 생일을 축하해주고 있었고, 노루, 기린, 토끼들이 춤추고 노래하며 음료를 한 잔씩 돌리며 건배사를 제의했다.

"영원한 평화를 위하여!" 대왕이 외치자 모두 제창하며 흥겹게 생일잔치에 동참했다. 얼마나 시간이 지나갔을까. 모두 취기에 곯아 떨어졌고 코를 드르릉거리며 자기 시작했다. 누구 하나 경계병이 없었다. 이때 남부 사자의 붉은 깃발이 올라가자 그의 전투 병력은 살금살금 동부 주요 시설에 불을 놓았다. 불은 순식간에 막사에 옮겨붙었고, 동부는 화염으로 앞을 볼 수 없었다. 술에 취해 우왕좌왕하는 사이 동부 사바나는 너무 쉽게 무너졌다. 동부 사자는 늙고 병들어 남부 사자에 단번에 제압당했다. 이미 동부 사자의 왼쪽 다리가 불편하다는 걸 알고 왼쪽 다리를 물고 꼼짝 못 하게 한 다음, 목덜미 급소를 물어 한 방에 경기를 끝내고 말았다. 남부 사자는 정자 위에 서서 외쳤다. 절대 항복하는 자는 목숨은 살려 주겠다고 약속했다. 쩌렁쩌렁한 그의 말에 누구 하나 토 다는 이 하나 없었다. 간단하게 동부를 접수한 남부 대왕은 동부 사자 머리를 베어 정자 꼭대기에 매달아 놓고 훈령을 어길시 이 꼴이 된다고 엄포를 놓았다. 남부 대왕이 점령지에서 그동안 먹지 못한 음식들을 닥치는 대로 먹어 치웠다.

먹는 것에 관심이 많은 대왕은 미각이 뛰어나서 그의 입을 맞추기가 여간 어렵지 않았다.

그러던 어느 날 까마귀가 다가와 머리를 조아리며 하는 말이 기가막히게 맛있는 것이 있으니 먹고 살육만은 멈추어 달라고 부탁했다. 내심 호기심에 갑자기 침을 흘렸다.

말만 들어도 기분이 좋아지고 살 것 같았다. 까마귀는 대왕이 달려드는 모습을 즐기다가 말을 하였다. 대왕님 먹는 것은 좋은데 당부드릴 것이 있다고 했다. 먹을 때 하루에 한 통씩만 먹으라고 신신당부하였다. 과욕이 생기면 부작용이 일어나는데 그 피해 사례에 대해서는 말해줄 수가 없다고 했다. 사실 까마귀의 엄마는 과거에 너무바른말을 잘하다가 대왕에게 목숨을 빼앗긴 슬픈 사연이 있었다. 대왕은 그의 자식이 이 까마귀인 줄 전혀 알지 못했다. 사자는 경험해보지 못한 먹잇감의 신비로움에 넋을 잃고 까마귀가 제안한 약속을반드시 지키리라 다짐했다. 까마귀의 이러한 제안이 있고 나서 동부사바나에서 살던 형제들은 종처럼 살고 있었다. 그 이유는 남부 사자의 포악한 정치를 하고 있었기 때문이다.

어찌 되었든 간에 새로운 먹이에 대한 욕구가 워낙 강하다 보니 밖의 일들은 신경을 쓸 수 없었다. 어느 날 약속된 날짜가 되어 까마귀가 대왕 앞에 나타났다. 대왕은 너무 기뻐 까마귀를 귀하게 맞이했다. 그래 오늘이 약속된 날이니 전에 물건은 가져왔겠지? 어디 물건 좀 보자며 보채는 대왕의 성미 앞에 더는 미룰 수가 없어 검은 천 안에 가져온 물건을 꺼내 보여 주었다. 그건 다름이 아닌 꿀벌이 한 움큼 박힌 꿀 덩어리였다. 한 번도 보지 못한 대왕은 주저 없이 덥석 입으로 넣었다. 도대체 이게 무슨 맛일까? 달콤한 향기와 입안에 살살 녹는 맛이 설명할 수 없는 기가 막힌 하늘의 음식이었다. 사자는 너무 황홀하기도 하고 그 맛에 취해 춤이라도 추고 싶었다. "이봐, 까마귀. 이렇게 맛있는 음식을 왜 이제 가져와. 응?"

몹시 서운하다는 시늉을 하며 정자 위에서 포효를 크게 했다. 조용한 사바나에서 사자의 우렁찬 외침에 모두 고개를 떨구고 귀를 세우며 행여나 대왕의 포악한 성질에 식구를 잃지 않을까 안절부절못한 표정들이 역력했다.

"여보게, 까마귀. 다음에 올 때는 두 통을 가지고 오게나. 너무 맛이 좋아서 한 통으로는 안 되겠네."

사자는 그 맛에 취해 있었고, 이미 중독이 된 것 같았다. 까마귀는 과식은 금물이라고 설명하려고 하자, 대왕의 오른팔이 까마귀 턱을 강타했다. 그런데 이 꿀통을 과하게 먹으면 온몸에 까만 줄이 하나씩 생긴다는 것이었다. 대왕은 서서히 미쳐갔고, 두 통도 모자라 세 통까지 요구했다. 만일 어길 시에는 까마귀의 가족뿐만 아니라, 친족까지도 손을 보겠다고 으름장을 놓았다. 까마귀는 울고 있었다. 드디어 부모님의 원수를 갚을 날도 얼마 남지 않았다는 예감에 잠을 이룰 수가 없었다. 까마귀는 친척들에게 수소문하여 벌이 박힌 꿀통을 모아왔고 대왕은 정신 나간 것처럼 퍼먹었다. 근데 이상한 일들이 나타나기 시작했다.

대왕의 몸에는 검은 줄들이 생기기 시작했고, 급기야는 그 검은 줄들 속에 숨어 있던 수많은 벌이 살아나 사자의 몸통을 갉아 먹고 있었다. 사자는 더 이상 서 있지 못한 채 꼬꾸라져 목숨을 잃었다. 남부 대왕이 죽었다는 소식이 사바나에 전해지자, 모두 나와서 그동안 억압의 서러움이 차올라 눈물로 서로를 위로하고 있었다. 까마귀는 부모님 무덤을 찾아 큰 절을 세 번 하고 어디론가 날아갔다.

러브리스 (영화평)

이 영화는 러시아 감독이 만든 작품으로 사랑의 부재, 배척되어버린 사랑의 본질에 관해서 물어보고, "당신은 지금 러브 리스입니까?" 하고 묻는다.

처음 장면은 아이가 학교를 마치고 집으로 돌아오는 모습이 클로즈업된다. 체념한 눈망울, 나뭇가지에 걸려있는 끊어진 테프가 바람에 휘날리고 있다. 아이는 잣나무 가지에 매달린 테프끈을 돌리다 허공으로 날려 보낸다.

이 끈은 날아가서 통나무 위에 걸린다. 이 장면은 많은 사연을 내포하고 암시해주는 장면이다. 이 영화는 사랑에 관한 본질적인 양심을 들여다보고 있다. 엄마, 아빠의 이혼 소식을 접한 아들은 그 고통에 절규한다. 사랑의 관계가 아닌 형식적인 부모의 관계, 단지 생리학적 핏줄 관계이지, 전혀 관심도 사랑도 받지 못한 아이. 사랑에는 영혼이 함유되어 있고, 소금기 있는 사랑. 사랑은 영혼 있는 사람의 본질적 실체인데, 영혼 담긴 사랑이 아닌 생물학적 사랑은 허상임을 이 영화는 여러 사정을 들어 보여 주고 있다. 하룻밤 사랑에 덜컥 임신하고, 원하지 않는 결혼을 선택하고, 바닥에 전혀 흐르지 아니하는 사랑의 결과로 태어난 아이는 사랑 리스다. 사랑의 모조품이 생기 없이 생산되어 세상에 나온 것이다.

엄마의 자궁 속에서 탯줄을 부여잡은 사람의 출발은, 사랑 없이 탯줄의 영양분을 공급받지 못하면 살 수가 없게 되어있다. 인간 내면에 속일 수 없는 사랑에 대한 결핍과 내핍은 사랑 리스에서 태어난다. 이 영화는 사랑의 본질을 깊이 해부해 보는 실질적 사랑의 해부학 시간이다. 사람에게는 어머니에게서 단절된 탯줄을 누리고 싶은 본능적 욕구가 은유된 사랑의 갈망으로 나타난다. 누구나 이 원칙을 비껴갈 수 없으며 이 원초적 기질을 배경으로 성장하느냐, 섬으로 살아야 하느냐가 결정될 변수로 작용한다. 주위에 사람들의 면면을 보면 알아볼 수 있다. 태어나는 순간 이전에 엄마 아빠의 관계가 사랑 리스 상태나 환경에서 어쩔 수 없이 태어났다면, 자신도 사랑 리스가 될 확률이 높다. 사랑 리스는 사람이 가지는 본질적 불행의 출발이다. 근원을 잃어버린 고아다. 고독한 방랑자다. 본인이 사랑 리스라면, 이미 텅 비어 버린 방전된 껍데기 인생이기에, 타인에게 사랑을 영혼 있는 사랑을 잘 주지 못하는 경향이 있다. 왜? 그가 경험해보지 못한 일이기에 더욱 그렇다. 사랑이 충족되지 못한, 탯줄을 잃어버린 수없이 많은 사람이 방황하고 또한 살다가 이혼한다.

사랑 리스가 사랑 리스를 만나 또 사랑 리스가 된다. 사랑은 보이지 않지만, 그 속에 영혼이 있기에 거짓은 곧 보이며 오래 갈 수가 없다. 이 영화 속의 아이가 사건에 부딪히는 장면이 실종사건을 통해 만들어낸다. 아이의 실종이 말하는 것은, 사랑 리스는 이 세상에서 갈 곳은 없다는 거다. 세상 어디에도 진심 어린 사랑을 공급받지 못한 아이, 심지어 저를 낳아준 부모로부터도 외면당하는 철저한 사랑 리스다. 엄마의 탯줄이 분리되는 순간 신생아는 외롭고 고독한 출발을 한다. 단지 탯줄의 연결성을 부모가 대신 잘 해주므로 결핍되지 않은 채 성장할 수 있고, 또한 우정 그리고 연인 관계로, 탯줄의 마라톤 릴레이가 시행된다. 연결이 잘못되거나 놓쳐버리거나 연결이 아닌 비논리적 상황이 전개된다면, 인간은 사랑 리스의 주인공이 되고 결코 행복할 수 없게 된다. 세상은 이미 많은 사랑 리스를 양산해왔고, 술집의 술이 잘 팔리는 이유가 아이러니하게도 사랑 리스와 관계가 깊다.

사람은 영혼을 가졌고 사랑 또한 영혼이 소금처럼 숨겨져 있다. 사람이 소금 없이 살 수 없듯이 사랑 없이는 온전한 생명이라 말할 수 없다. 결국, 이 실종사건의 주인공 아이는 미지에 남겨두고 막을 내린다. 탯줄을 잃어버린 아이가 통곡하며 절규하는 장면이 너무 가슴 저미어 다가온다. 사랑 리스라고 얘기해주세요. 손잡아 드릴게요.

사랑 없는 삶…. 그렇게는 살 수 없어….

- 감독: 안드레이 즈비아긴체프
- 출연: 마리아나 스피바크 외

〈수상〉
- 70회 칸영화제 (심사위원상)
- 30회 유럽영화상 (유러피안 음악상)
- 43회 세자르영화제 (외국어영화상)

맞선 보던 날

군대 갔다 왔냐고 그녀가 물어왔다.

"그럼요, 벌써 인데요."

눈알을 붉히며 그녀의 얼굴을 빤히 쳐다보았다.

인제 그만 만나고 싶었다. 엄마의 열화에 못 이겨 벌써 서른하고도 두 번째 맞선을 보는 자리였다. 불쑥 군대 이야기를 꺼내는 걸 보니 별종이었다.

아니 여자들이 제일 싫어하는 군대 이야기를 왜 할까, 내심 의심스러운 눈초리로 그녀를 쏘아다 보았다.

"그나저나 순덕 씨는 고향이 어디에요?"

반전을 꾀하였다.

"전남 순천이에요."

명료하고도 투명하게 대답했다.

"아버님은?"

"아, 네. 아버지가 직업군인이셨는데, 훈련 도중 이동 간에 교통사고가 발생하여 아까운 생을 마감하셨어요."

그녀의 말을 들으며 그녀가 왜 슬픈 추억을 물었는지 이해가 되었다. 남자가 이 다방에 들어올 때 깜짝 놀라 어쩔 줄 몰랐다. 돌아가신 아버지를 너무 쏙 빼닮아 한동안 어리둥절했다. 딱 벌어진 어깨며

부리부리한 눈매며 코끝이 살짝 아래로 처진 모습까지 판박이였다. 여자에게 아버지는 특별한 존재였다. 지금도 잊지 못하는 건 겨울 그 추운 날, 눈을 맞으며 장터에서 걸어오신 아버지 품속에서 건네주시던 군고구마가 아직도 선하게 다가왔다.

"순덕아 이리 와." 하시며 "호호" 불며 손끝이 탄 고구마껍질에 시꺼멓게 물드는 줄도 모르고 곱게 까 주셨다. 김이 모락모락 나는 고구마를 두 손에 받아쥐고 좁은 입술로 아버지의 사랑을 먹던 그 시절이 생각나 울컥거렸다.

"차 식기 전에 드시죠."

커피가 잠을 자고 있었다.

"아, 네."

여자는 들숨을 길게 내쉬며 시커먼 사연을 커피에 담아 타들어 가는 심장 위로 쏟아부었다.

인연이란 게 참 이상한 일이었다. 뭐라 말할 수 없는 묘한 감정이 밀치며 올라오는 게 남자가 종전에 경험하지 못한 일들이, 내면에서 전쟁을 치르고 있었다. 서로는 뭐라 설명은 하지 않았지만, 서로를 원하고 있었다. 여자의 손가락이 오이처럼 길었다. 가느다란 손가락 위에 반짝거리는 반지가 눈에 들어왔다. 내심 저 반지는 무얼 의미할까 묻고 싶었지만, "꾹꾹" 참았다. 여러 이야기를 주고받으며 서로를 확인하기에 바빴다.

"그럼 어머니는 지금 어떻게 지내나요?"

남자는 가족 이야기를 파고들었다.

"아, 네. 엄니는 지금 항구 도시 부산 자갈치 시장에서 생선고기를 파십니다."

"아, 그러세요. 고생이 많으시군요."

"순천이 고향이라 들었는데."

"네, 아버지가 돌아가시고 나서 이모가 사는 부산으로 이사 오게 되었습니다. 어린 자식들을 키우시느라 갖은 행상을 다 하셨죠. 아침 일찍 자갈치 공동어시장으로 달려가 한 푼이라도 싸게 물건을 경매받으려 열심히도 뛰어다니며 사셨죠. 바람뿐인 부산에서 바람만 먹고 살아온 엄마를 생각하면 마음이 늘 아려와요."

여자는 처음 만난 남자에게 삶의 진실성을 순결처럼 내어놓고 있었다.

이런저런 얘길 나누는데 갑자기 배가 허기져왔다.

"순덕 씨, 시간 괜찮으시면, 식사하러 가시죠. 제가 아는 횟집으로 모실게요."

남자의 시원스러운 제안에 여자는 흔쾌히 승낙했다. 해운대 갈매기는 그날도 배가 불러있는 것처럼 보였다. 오가는 사람들이 던져주는 새우깡 덕택에 모두 만족한 표정으로 하늘을 오가며 날아다녔다. 손만 올리면 날아와 자기 집 안방인 양 올라와 갖은 표정을 지어주며, 사진 샷에 이미 익숙해 있었다. 남자가 데리고 간 횟집으로 들어가니 2층이었다. 올라가는 계단 층 옆에는 연예인 사진과 사인이 귀신처럼 나뒹굴고 있었다. 종업원으로 보이는 주황색 모자를 쓴 안내원이 친절하게 손님을 맞이했다.

"어서 오세요. 손님 여기로 앉으세요."

생글거리며 웃는 여종업원이 밉지 않았다.

은은한 조명이 내려앉는 탁자에 둘은 꽤 오래된 연인처럼 마주 보며 앉았다.

"무얼 좀 준비해드릴까요?"

생동감 넘치는 에너지로 감칠맛 나게 물어왔다.

"음, 겨울에는 기름기가 살살 도는 방어가 제격이겠죠. 방어로 주세요. 물론 무게가 많이 나가는 줄 알지만, 적당히 알아서 가져다주세요."

남자는 호탕하게 내뱉었다. 2층 창가에서 해운대 바닷가를 내려다보니 그 정취가 그림 같았다.

"앗! 제사인데!"

아버지 제삿날이라 어머니가 일찍 들어오라 했는데, 근데 지금 몇 시지?

…

상추 따러 가는 남자

"밥상 차려 놓고, 밥 두어 숟가락 떠 놓고, 헌디, 된장국은 어디 있는거, 어 저짜개 싸개싸개 들고와 잉, 어허, 상추가 빠져버렸네. 써그질 것. 머헌다고 상추까정 잊져뿟냐. 이 넘아! 이 애미 상추 없으면 밥 몬 묵는거 알맨서…"

길쭉한 아들이 대답한다. "엄니 쪼까만 기다리소. 내 밭에 퍼특 댕겨오께잉."

성큼성큼….

"엄니, 이가 시원찮아 그런끼, 야들한걸로 골라야 쓰것지, 이놈도 괜찮고, 저놈도…."

풋고추도 두어 개, 이슬 먹은 고추들이 바람에 야들야들 거시기하게 흔들거리고 있었다.

"엄니요. "맛난 거 따가왔은께, 싸게 언능 드셔."

"응 그놈 맛있게 생겼네. 묵어보자."

"된장 좀 넣고 짐치도 쪼매 올리고, 밥 한 숟갈에다 싸서 입으로 가면 그만이여."

와삭와삭 쌈 들어가는 소리가 봄이 오는 소리 같았다.

"엄니, 저 때 임플란트가 뭔가 헌거 괜찮으유?"

"응, 씹을 만혀."

"작년에 이빨 땜시 고생 많이 했시유. 이 몬난 넘이 퍼특 헤드렸어야 혔는디, 헛찌거리 허다가, 쪼매 늦었시유 엄니, 미안혀유."

엄니는 아들의 눈을 처다보며 살짝 눈시울이 젖어왔다.

"그래, 이넘아. 이제라도 정신 차리고 똑바로 살어. 이 애미는 살날이 그리 오래지 않혀. 그런께 니놈이 열심히 혀서 농사 잘 짓고 행복하게 살면 원이 없어야. 사는기 별것 잇껐어. 젠장 세상사 거기서 거기여. 뭔 지랄로 헌다고, 까불어 샀는지 미친 시끼들."

"엄니, 밥 남은 거 더 드셔야죠, 응?"

"아니 됐다. 입안이 깔깔헌개 안 넘어가야. 애비야, 밭에 물 잘 보고 미나리 하우스 잘 돌아봐, 저것이 효자여. 지금 쫌 힘들어도 한 때잖여."

엄니는 아픈 허리를 안고 천금 같은 하늘 위로 기어오르고 계셨다.

"야야. 상추 오래되면 더 세서 못 먹어야. 싸게 싸게 따서 나누어 줘. 복실이 삼촌 이번 주 온다메. 다 싸줘."

엄니는 푸른 상추와 고추를 한 아름 따서 박스에 고이고이 묻고 계셨다.

도쿄의 밤하늘은
항상 가장 짙은 블루 (영화평)

영화의 전당은 문화에 허기진 나에게 친절한 식욕을 채워준다. 보고 싶은 아카데미 수상작을 만나러 뛰어갔다. 예전보다 제법 영화관 로비에 사람들이 웅성대는 모습이 시장 난전을 연상하기에 부족함이 없었다. 오후 2시 30분 상영이었다. 달려가는 차 시간이 끝나갈 촉박한 시간에 앞차의 얄미운 정지는 작은 희망을 앗아가고야 말았다. 허겁지겁 당도하여 매표하려고 하는데, 매진이라는 매표원의 표독한 발언은 심장에 찬물을 붓기에 충분했다. 예약의 중요성을 깨닫지 못한 회초리라 생각하고 작은 아픔을 돌보며 돌아서기에 아쉬워 일본 영화를 선택했다. 마침 같은 시간대라 기다리지 않아서 좋았다.

개인적으로 일본 영화를 좋아한다. 이들의 작품은 관념적이라 보고 난 후 생각할 거리를 많이 준다. 영화 제목부터 난해성을 제공했다.

'도쿄 밤하늘은 항상 가장 짙은 블루'

국어 어문학적으로 문장 어법이 엉성하여 정돈되지 못한 옷장을 보는 느낌이었다.

도쿄 하늘에 보물선이 떠다녀도 사람들은 하늘을 보지 않는다는 풍경으로 시작된다.

이 말은 인칭에 사로잡힌 현대인의 한계를 보는 듯하였다.

버스 정류장에 늘어선 사람들은 거의 모두 다 휴대전화를 응시하며, 그들의 또 다른 세상에 함몰되어 침잠의 시간을 즐기고 있었다. 영화에도 소설에 등장하는 여러 인물과 사건 속에 사람들은 어떻게 반응하고 인간이 연출하는 매개 하나에서 관객은 일일이 꿀을 따는 수고를 해야 했다. 미카라는 여주인공, 어머니의 어린 시절 자살, 사랑하는 남자 친구와 이별, 그로 인한 대인 관계의 정서적 거부감 표출. 낮에는 병원 간호사로 일하고, 저녁에는 걸즈바에서 뭇 남성들에게 욕망의 심부름을 한다. 병원에서 죽어 나가는 인간의 한계성과 부질없음을 뼈저리게 느끼며 생이 그렇고 그런 신파극에 지나지 않는다고 굳게 믿고 살아가는 화석처럼 굳어버린 인간사에, 감독은 사랑이 왜 필요한지를 하나하나 다른 인물을 통해 설명해주고 있었다. 작가는 인물을 대동하기 위해 건설 현장에서 일하는 노무자들을 싼 값에 데려왔다. 여러 인부 중에 한 인부의 인물. 묘사를 보면 이 친구는 일하다가 다쳐서 허리를 잘 못 쓴다. 심지어 볼일을 보고 바지 자크도 제대로 못 올린다. 하루 벌어 하루 먹고 사는 이 사람의 인생 독백이 서사였다. 죽을 때까지 산다. 그리고 끊임없이 짙은 하늘 밑에 살면서 꿈을 꾼다. 항상 사랑에 빠지는 꿈을 꾸고 그 사랑을 얻기 위해 날마다 분주하다.

편의점 그녀를 연모하여 날마다 매점으로 향하고, 심지어 데이트하기로 약속한 날 너무 행복해 뛰어가는 모습은 마치 어린아이가 소풍 다니러 가는 설레는 모습과 흡사했다.

아픈 허리를 감싸 쥐고 사랑 찾아 나서는 모습이 예뻤다. 이 친구의 행복관은 끊임없이 사랑을 꿈꾸며 거기에 빠지려는데 있었다. 사람의 마음은 무언가로 늘 채워져야 할 동물이기에 그곳이 주인을 잃어버리면 허기가 외로움이라는 변형된 유령으로 나타나 사람들을 매우 힘들게 만든다. 황량한 자기 공동묘지를 안고 사는 사람보다 훨씬 유익한 모델이었다.

'죽을 때까지 살겠지'라는 낙관적 사고와 사랑이라는 유토피아를 끊임없이 채우며 달려가는 이 친구의 삶이 부러워 보였다. 남자주인공은 신체적 장애가 있는데 한쪽 눈이 보이지 않는다. 여주인공과의 명대사 '앞으로 너의 힘든 반쪽만이라도 사랑할게.'라는 고백, 그가 가지고 있는 모든 것을 다 내어주겠다는 전신적 사랑의 고백을 하고 있었다.

사랑은 밤을 잃어버린 도쿄 하늘 아래에서도 풍차처럼 회전하고 있었다. 진정한 사랑은 인칭이 아닌 비인칭 속에 숨겨져 있었고, 옷장 서랍 열 개는 열어봐야 느껴지는 영감 같은 것이었다. 가장 아름다운 상상은 사랑은 홍매화보다 더 붉다는 사실을 깨닫게 해준 의미 있는 영화였다. 사람은 저마다 붉은 사랑을 연모하며 만지고 싶어 한다.

이차크의 행복한 바이올린 (영화평)

이츠하크 펄먼(1945~)은 유대인 출신이며 신체적 장애인이다. 세계적인 천재 바이올린 연주자이며, 2015년 제네시스 수상자 디트로이드 심포니 오케스트라 지휘자다.

글을 쓰다 보니 다른 영감 받는 장르도 있지만, 음악이 주는 감성은 절대적이다. 늘 그곳은 충만하게 찰랑거리고 있어야 글도 술술 잘 나온다. 평소에도 이분에 관한 관심이 지대한지라 그에 관한 영화는 놓칠 수 없었다. 신의 선물은 목발이었다. 소아마비라는 진단을 받은 어미의 마음은 찢어질 것 같았다. 마치 저주받은 인간이란 너울을 스스로 새기며 발악에 가까운 괴성을 지르며 태어난 아이의 다리를 붙잡고 통곡하였다. 왜 하필이면 내 아들에게 이런 시련을 안기게 했을까? 하며 천둥을 부여잡고 신들린 사람처럼 한 여인은 오열했다.

아이가 무거운 철갑을 다리에 두른 채 삐뚤거리다 넘어지기를 수백 번, 어미의 심장은 이미 구름 속에 묻어 두었다. 베를린의 곰들이 유대인들을 야금야금 가지고 놀며 희롱할 때보다 더 본능적으로 느끼는 형벌은 헤아릴 수 없었다. 그냥 가스실로 달려가고픈 쓰라린 통증을 이차크를 위해 입술을 붉게도 깨물었다. (중략)

어머니는 이차크 손목에 이런 글자를 새겨 두었다. 나는 행운아다. 무엇이 그를 행운으로 몰고 갔는지는 그의 예술적 감각과 타고난 음악적 재능으로 그의 어머니의 손실된 가슴에 꽃을 피우며 보상받을 만했다. 신의 목발은 때론 인생의 크나큰 시련일 수 있으나 때론 축복임을 각본 없는 인생의 꽃향기를 느끼기에 흡족한 장면들이었다.

바이올린이 주는 현의 소리는 같은 음을 같은 방법으로 연주하는데도 다 다르다고 한다.

똑같은 소절의 음악 대본도 연주자에 따라 느낌이 다르며, 그날 온도에 따라 음질의 색이 변한다고 했다. 연주는 그냥 기악 악보에 따라 수학적으로 한 점에 빈틈없이 연주되는 것으로 끝나는 게 아니었다. 바이올린 몸통 어느 한 부분도 숨을 쉬고 있는 생물과도 같았다.

연주는 거룩한 하나의 기도문이었다. 성경에 이런 말이 있다. 하나님은 영이시니 예배하는 자는 신령과 진정으로 하라는 구절이 있다. 이츠하크는 그랬다. 악기 연주를 하나님처럼 온 마음과 정성을 다해 혼을 불어넣는 기도를 하고 있었다. 유대인들이 고통받는 그때 이런 연주를 들으면 지옥에서 5분을 탈출해 천국으로 옮겨가는 낙원의 시간이라 강변하였다.

그렇다. 우리는 이런 천국의 시간을 공짜로 느끼면서도 감사할 줄 모른다.

이츠하크는 열정과 기쁨으로 새 신부를 맞이하듯이 온 정성을 쏟아 발화시켰다. 또한, 진화에 대한 탁월한 능력은 그를 가르치는 교수들도 혀를 내두르는 일이 많았다. 바이올린 기악의 세계는 영혼의 병원 같은 것이었다. 상처받은 영혼을 치유하고 기쁨을 주는 거룩한 영적 행위임이 틀림이 없었다. 그의 아내 되는 분의 식견도 탁월했다. 음악을 전공해서 음악적으로 대화가 통했고, 적어도 남편을 안팎으로 세워줄 수 있는 지혜로운 여자였다. 장애인들은 정상인보다 가지 못하는 곳이 많다. 이분의 팔과 다리가 되어 평생 수고와 애정을 쏟아부어 주었다. 같은 곳을 바라보고 소소한 일상에서 다르지 않고 가족 간에 화목을 누리며 산다는 것이 어쩌면 기악의 천재보다도 더 나은 축복인 것 같았다. 천박한 세상에서 지쳐 우는 인생들에 천상의 음악을 들려주는 천재 연주자인 이분의 연주를 제대로 보려면, 입장료가 우리 돈으로 백만 원 이상 주어야 감상할 수 있다. 영재 연주자들을 키우는 일에도 늘 의미를 부여하고 달려갔다. 학생들에게 느낌의 훈련이 무엇보다도 중요함을 가르치고 또 물었다.

영감에 대한 섬세한 느낌을 감지하는 교육, 어쩌면 하늘의 영을 바라보거나 미세한 음들을 통해서 소리가 어떻게 변화하는지 묻고 또 물었다. 예술은 아름다움을 추구하는 그곳에 의미를 두는 행위다. 내면의 언 바다를 깨는 예술인에게는 누구보다도 감성 바이올린 하나쯤은 있어야 하지 않겠나 싶었다.

남자 3호는 외롭다

원형을 잃어버린 자에게서 느껴지는 향기는 독특하다 못해 사이다처럼 톡 쏘는 까칠함이 들어있다. 그날도 자의 반 타의 반 짝을 찾아 나서는 남자 3호의 발걸음은 왠지 쓸쓸함이 어깨선 아래로 흐르며 철벅거리는 바위섬의 등처럼 따가워 보였다. 그러니까 그녀를 만난 건 금요일이었다. 약속 장소로 나가기 위해 분주하게 머리를 다듬는다. 방금 머리를 감고 머리 드라이기로 이쪽저쪽 숨바꼭질을 한다. 적도에서 부는 바람이 머리카락을 휘저으며 고성을 내지른다. 거울 속에 비친 남자 3호의 외관은 썩 괜찮다기보다는 어딘가 모를 채워지지 않는 모성애가 절실히 필요한 철없는 아이 모습과도 같았다. 머리 단장을 대충 끝내고 옷장을 열었다. 어떤 느낌이 좋을까 내심 흔들리는 갈대처럼 시선은 부침을 계속하며 많지도 않은 옷들은 긴장된 채 주인의 냉혹한 시선을 한 몸으로 받으며 겨울 햇살이나 밝은 외출을 어린아이처럼 기대하고 있었다. 옷이 그냥 옷이 아니다. 아래위로 주인의 육체와 호흡하며 영적 일체감을 이룬다는 것은 또 다른 쾌감이요, 말할 수 없는 행복이었다.

그래, 오늘은 바람도 차가우니 보온 차원에서 따뜻한 느낌으로 가자. 그녀가 보기에도 온기가 전해질 수 있도록 목도리는 감색으로 하고, 모자는 검정 톤의 중절모로 하자. 머리카락이 집을 나간 지가 꽤 된 듯한데 정녕 돌아오지 않는다. 빈 들에 마른풀처럼 황량한 거리에 위로가 되는 건 그래도 모자다. 사람이 사람을 만난다는 것보다 쓸쓸한 게 없다.

결혼 준비는 얼마나 되어있나요? 물으면 뭐라 대답해야 할까? 주거할 집이 있고 아침이면 나갈 곳이 있는 일터가 있고? 남자 3호의 머릿속이 복잡하다. 그녀가 나를 맞추어 줄 수 있을까? 나도 그를 맞출 수 있을까? 어제 형철한테서 전화가 왔다.

"야 남자가 장가 못 가는 이유는 딱 세 가지래. 첫째는 능력이 없어서고…. 둘째는 너무 똑똑해서 다들 바보로 보이니까…. 셋째는 비뇨기과 볼일을 봐야 하는…."

그 외는 딱히 해석이 안 된다나 어쩐다나 하면서 게거품을 물고 한참 주저리주저리 하다가 끊었다.

사람 마음속에는 욕망과 이기심이 메뚜기처럼 뛰어다니기에 그놈을 잡으려 폴짝거리다가 한세월 다 보낸다. 남자 3호는 외롭다. 사람이 사람을 만나 썰렁한 가슴에 더 구멍 내면 어쩌나 하는 오지 않는 두려움이 그를 더 외롭게 하고 있었다. 금요일에 낯선 커피숍에서 이루어질 남녀 간의 만남이 어떤 흥미를 줄 것인가는 하늘을 많이 아는 모래시계의 순간이었다.

재난에 관한 나의 수고

재난이라는 말은 매스컴에서만 사용되는 용어인 줄 알았다. 강 건너 불구경하는 놀이인 줄 알았다. 아! 오늘도 어쩌고저쩌고하며 떠들어대는 아나운서 입 모양을 보면서 참 안 되었구나 하며 내심 슬퍼하는 척했다. 그런데 살다 보니 내 현실에서 연일 재난을 겪는 사건을 이틀 동안 경험하다 보니 머리가 하얘지고 지금도 속이 울렁거린다.

재난은 인생에 결코 있어서는 안 되는 개인사의 충격이요 크나큰 재앙이다. 내가 이틀 동안 겪은 재난의 내용은 이러했다.

첫째 날, 오전 10시경. 은행 직원과 상담할 내용이 있어 주거니 받거니 얘기를 나누고 있었다. 휴대전화로 전화벨 소리가 뚜뚜 연거푸 전해왔다. 누구야 싶어 전화를 받으니, 아래층에 사는 아주머니였다. 평소에 알고 지내는 터라, 무슨 일이지 이 시간에 이른 오전에 전화가 오다니, 갸우뚱하며 전화를 받았다.

"아저씨 큰일 났어요. 아저씨 집에 불이 났어요. 빨리 가보세요."

이게 무슨 씨나락 까먹는 날벼락 소리냐 싶어, 큰 망치로 머리를 두드리는 것 같았다.

콩닥거리는 심장은 나를 도둑놈처럼 잡으러 달려왔고, 멈출 줄 모르는 심장은 새근새근 육신을 삼키고 있었다.

은행 직원하고 상담하던 얘기를 미룬 채, "우리 집 불났데요." 외마디 툭 던져놓고 정신없이 택시를 탔다.

내 차를 운전하다가 혹시 급한 마음에 또 다른 머피의 법칙을 쓸까 두려워 택시를 탔다.

희미하게 졸고 있던 택시는 낚시찌가 움직임을 포착했는지 거침없이 당도했다.

"아저씨 빨리 좀 가주세요. 집에 불이 났데요."

나의 근심 어린 고백을 충실히 이해한 70대 노인기사는 자기 일 당한 것처럼 서둘렀다. 가는 도중 상황 점검을 위해 다시 아주머니에게 전화했다. "지금 상황은 어때요?" 하고 다급히 물었다. 자기는 지금 거기에 있지 않고 집에 있는 아들 전화를 받았다는 얘기였다. 그럼 아들 전화번호 말씀 좀 해주시죠. 쫓기는 마음이 흐르자 그리 많던 볼펜도 가방에서 자취를 감추었다. "기사 아저씨, 볼펜 좀 빌려주세요." 주섬주섬 까만 볼펜을 찾아서 건네주었다.

"전화번호는 어떻게 되죠?"

"예, 010-××××-××××."

"네, 알겠습니다. 전화해볼게요."

심장은 콩닥거리다 못해 쉴 곳을 그리워하고 있었다.

"저기요, 위층 아저씬데 우리 집 불났다고 어머니한테 전화가 왔는데 지금 상황은 어떠세요?"

황급히 죄인처럼 물었다.

"아! 아저씨세요, 501호가 아니라 502호에서 불이 났어요. 119 소방서에서 방금 진화작업을 끝내고 돌아갔어요. 엄마가 잘못 알려준 것 같네요."

아무 일 없다는 듯이 차분히 들려주었다.

"네, 고맙습니다." 하고 그 무거웠던 휴대전화를 내려놓으면서 화를 내기보다는 안도의 한숨을 몰아쉬었다. 오히려 감사의 기도를 올렸다.

"기사 아저씨, 돌아가 주세요."

말을 해놓고 긴장이 풀리며 맥이 다 흐트러져서 그런지, 입이 바싹 말랐다. 상상만 하더라도 끔찍했다. 아직도 심장은 약간의 상상만으로도 벌렁거리며 기계적으로 청심환을 요구하고 있었다. 약국에 들렀다. 뿔테 안경을 쓰고 곱슬머리 파마를 한 중년의 남자 종업원, 종전부터 아는 터라 내가 청심환을 요구하자 나의 얼굴을 깊게 바라다보시며 "안색이 좋지 않네요." 하시며 청심환을 걱정스러운 눈으로 건네주셨다. 그날따라 그리 많던 약국 손님이 뜸했다. 하시는 말씀이 자기도 아까 소방서 차 지나가는 소리를 들었다며 그게 그쪽 가는 소리였구나 하셨다. 돈 계산을 하고 나오면서 가슴을 쓸어내렸다. 오늘 강한 바람이라도 불었다면, 옆집으로 불씨가 날아와 옮겨붙을 수도 있었을 텐데 하며 심술궂은 서풍에 감사했다. 바람은 다른 날과 다르게 긴 낮 온전히 졸고 어디 갔는지 잠잠했다. 얼마나 아플까? 모든 가구며 집안이 온통 그을려있고, 대문 입구는 노루발장도리로 비틀려 망가져 버린 천장이며 거실 의자며 초토화되어 버린 쑥대밭이 따로 없었다.

아! 재난이구나! 내 눈앞에서 펼쳐진 다큐멘터리가 생생하게 전해져 하나하나 얼룩져 기록되고 있었다. 왜 무엇 때문에 불이 났을까? 가스레인지 때문일까? 여러 가지 화재 원인을 생각하며 재난이 주는 엄청난 화마 앞에 아무 대꾸도 못 한 채 메케한 공기에 코를 막고 돌아설 수밖에 없었다. 겨울이 들어서는 길목에서 502호 가족들이 슬퍼하며 오열할 일을 생각하니 아픈 가슴이 저렸다. 내게 올 수 있었을 재난일 텐데, 하며 허무한 인생의 명장면을 알아낸 슬프고도 생생한 하루였다.

둘째 날, 거래처 사장님과 몇 가지 관심사가 있어, 거래처 매장에서 아메리카노를 맛있게 마시고 있는 때였다. 갑자기 브레이크 잡는 소리가 끼익 장음을 울리며 귓전을 어지럽혔고, 메케한 타이어가 바닥에 짓눌려 타는 냄새가 코끝으로 고약하게 파고들었다. 너무 굉음이라 거래처 사장님이랑 가게 밖으로 나와 보니 큰 교통사고였다. 현장에서 한 젊은 아주머니는 즉사했고, 또 한 명은 응급실로 긴급히 실려 갔다. 소방서 차량, 경찰서 직원, 주민들, 주위는 온통 사건 현장을 에워 둘러싸여 소란이 일고 있었다. 사고 원인이 음주라며 어디서 누가 말했는지 내 귓속까지 들려왔다.

"이런 미친놈. 음주라니 대낮에."

거래처 사장님과 나는 기가 막혀서 혀를 찼다. 살짝 경사진 도로이고 그렇게 과속하며 내려와야 하는 도로가 아니라는 말들을 하면서 다시 매장으로 들어왔다. 갑자기 목이 타들어 갔다. 냉수가 그리웠다. 정수기에서 냉수 한 컵을 받아 쉬지 않고 마셨다. 어제오늘 내 앞에서 벌어진 재난의 두 장면이 겹치면서, 시키지도 않은 일을 심장은 이미 정신없이 하고 있었다. 재난이 내 바로 옆집에서, 거래처 매장 바로 앞에서 내 눈 똑똑히 펼쳐져 다가왔다.

가슴이 답답했다. 재난은 불행이요, 어쩌면 인생의 가장 가슴 아픈 클라이맥스다.

이렇게 한 번도 아닌 두 번의 재난 연속 다큐멘터리가 내 눈앞에 현실화, 영상화될 수 있는지, 이 일로 혹여 외상 후 증후군이 나타나지 않을까 내심 걱정스러웠다.

가을은 깊어지고 저마다의 가슴에 만국기가 휘날리는 감성 나날들 축복 앞에 재난은 누구에게나 강도처럼 달려드는 지옥의 천사구나 싶었다.

셋째 날은 없어야 할 텐데…!
정말!

일상은 스토리를 품는다

사람이 나고 지는 생사여탈의 그림을 감상하노라면 허탈하기 그지없다.

삶은 순간처럼 내 곁에 머물다 지는 꽃 안개와 같다. 별것 있어 보이는 고개를 미련하게 오늘도 넘어가 본다. 이름 모를 바람은 어디서 불어왔는지, 옷깃을 스치며 지나가고 알 수 없는 양파 까기는 쉼 없이 진행된다. 오늘도 그 톡 쏘는 냄새에 얼마나 눈물을 흘려야 하는지, 까보면 별거 아닌 빈털터리인 것을 사람이 모랫길을 걸어갈 때, 어느 해 이곳에 살다 간 인생들의 희로애락이 발밑에서 꿈틀거리는 것 같아 발바닥이 화끈거린다. 제품 설명서를 한번 읽어본다. 내가 누군지를 아는 것부터 생은 진지해져 간다. 소중한 시간 앞에 엄숙할 수 있으며 육체와 영혼의 공간에 무엇을 채워야 잘 살 수 있는지를 곰곰이 가늠해본다.

자연은 늘 그렇게 대답하지 않고 불볕더위에도 저렇게 서 있다. 사람들만 들판에서 콩닥거리며 춤을 추다 비틀거리며 넘어진다. 세상에는 새로운 것이 없다는 얘기는 사실이다.

선악과의 맛은 영원하지도 않다. 껍데기만 잠시 화려하고 맛나게 보일지라도 거기서 거기다. 일회성 일상들이 줄지어 다가오고 알지도 못하면서 어리둥절하게 세월은 벌써 저기에 서 있다. 어서 와 나 여기 있어, 하며 가냘픈 인생을 바라다보며 남은 날들을 데려가고 있다.

해 아래 재미나는 게 어디에 있을까? 그나마 책 속으로 피안하는 것도 다행한 일이다.

할 수 있는 것 중에서도 꽤 나은 일 중에 하나다. 고전을 읽고 공자의 가슴속으로 들어가는 것도 소크라테스의 정의감 넘치는 가치관을 만지는 것도 더위를 식혀주는 좋은 사례다.

무엇이 나를 즐겁게 해주고 행복하게 해줄까?

여름철 별미를 찾다가 대연동 진주냉면 집에 갔다. 주차장에 들어서려는 차들로 입구가 번잡해서 주변 골목에 간신히 차를 대고 들어섰다. 고객 대기실은 이미 꽉 차 있다.

가족끼리 아니면 연인 기타 친분 있는 사람들이 모여 와자지껄하다. 번호표를 뽑아보니 91번이다. 앞으로 16명을 기다려야 한다는 계산이 스쳐 지나간다. 기다리는 시간이 무료해 앱을 통해 치매에 좋다는 고스톱을 손가락으로 치기 시작한다. 상대방과 이미 깔아놓은 프로그램대로 두뇌 싸움을 한다. 따닥따닥 소리가 주위에 울려나간다. 한참이나 기다렸을까?

전광판에 점점 다가오는 숫자에 희열과 안도감을 느끼며 신부를 맞이하는 설렘으로 엘리베이터로 향한다. 3층으로 호출이 왔다. 붉은 벽돌들이 질서 있게 누워 건물을 철통같이 보호하고 있었다. 주로 찬 메뉴보다 비빔냉면이 좋아 그걸 시키고 육전을 추가했다. 먹다 남으면 가져가는 걸로 하고 작은 메모장에 원하는 메뉴에 시험을 치듯이 숫자를 기입하고 주문서를 제출했다. 허전한 배를 달래려는 사람들이 탁자에 앉자 안도의 표정을 지으며 오랫동안 기다려온 시간 앞에 기어코 보상의 시간을 맞이하는 눈빛이 행복해 보였다. 먹는 행복에서 느끼는 식감의 놀라움을 연신 감탄하면서 짧은 행복 긴여운을 가슴에 새기며 한여름 더위를 달래고 있었다.

"같이 살래요."

드라마를 본다. 서서히 할아버지 냄새를 풍기면서 작가가 대단하다는 것을 느끼면서 사건을 기가 막히게 만들어서 서서히 독자가 중독환자로 만드는 기술이 탁월하다. 어린 유치원생이라는 보호 본능을 테마로 툭 던져놓고 친자 유전자 검사로 통한 진실과 사랑, 그로 인한 갈등, 여러 가지 양념을 한 얘기들이 짠하게 다가왔다 간다. 딸아이의 아버지가 되는 기막힌 그리고 수혈로 인한 아이의 생명에 장난치는 잘못된 인연. 남자 의사의 가슴에 파도칠 운명을 상상하는 것은 즐거움이다. 사람의 마음을 움직여 감성의 바다에 던져놓을 수 있는 작가라면 성공한 재능있는 작가일 것이다. 벌써 가슴부터 아려온다.

아버지가 된 주인공, 그리고 딸의 고통 앞에 혼잡스러운 현실 인생의 퍼즐, 누가 답안지를 들고 있을까? 교무실에 숨겨놓은 것이라면, 유출 시도라도 해볼 일이지만, 아이러니는 문학에만 있는 게 아니라 인생도 아이러니하니, 받아들일 수밖에… 덥다. 참말로!

시는 죽지 않는다

1. 비트

감자 같은 것 아니 호박 같은 것이 핏빛으로 뭉쳐 십자가의 보혈처럼 흐르고 있었다.

개구리 눈처럼 보글거리며 솟아나는 그리움처럼 쓰러지는 자국마다 보랏빛 사랑이 무지개처럼 번져 갔다. 행복이 가슴으로 내려가며 아삭아삭한다. 축복받은 초승달같이 맑은 겨울밤의 가늘거림이 개골개골 들려온다.

2. 백 년 살아보기

자서전 100권을 읽고 그들의 궤적을 그리며 지나온 역사를 뒤집어보며 가느다란 인생의 결론을 얻고자 했다. 실타래처럼 대여섯 가닥으로 얽힌 삶의 모진 바람을 나무랄 수 없지만, 스무고개 아스라이 넘어갔다. 한평생 무지개처럼 찬란한 사람을 얼마나 만나 행복했을까? 옥빛이는 나이아가라 가슴에 품고 일렁이는 물살에 수없이 비틀거리며 살아왔을 그 길 위에 하얀 눈을 많이도 보았을 터인데, 명사는 몇 개 동사는, 형용사는, 그리고 참 아름다웠다고 적는다.

3. SF 감상하기

가상현실이 대추나무에 주렁주렁 열리고 하늘 정거장 3번 정류장에 박꽃이 피었다.

어제 달려본 화성에 사는 김 씨 아저씨의 용안이 붉고 방금 금성에서 따온 오이 맛이 그럴듯하다. 바코드 손가락, 눈빛에 담아두고 냉동 인간이 되어버린 로버트가 백화점에서 장을 보며 삐삐 전송을 한다. 신선 초등학교 3학년 2반 담임 선생님이 전근 가셨다. 우주 별나라 2학년 담임으로 가셨다. 세상에 모든 것들이 파란 반딧불처럼 깜박거리는 낙엽처럼 스쳐 지나갔다. 약 한 알만 먹으면 백 살을 거뜬히 더 살게 되는 죽지 않는 고물들이 유성처럼 떠다니는 이상한 세계에서 별을 세는 마음으로 더 죽지 않는 시를 적는다.

라 트라비아타를 보고

오페라 중에서 유명한 작품들이 유수하게 많지만 유독 베르디의 이 작품은 널리 알려져 있고 한 번쯤 문화에 관심 있는 분들은 보았을 작품이다. 오페라는 뮤지컬과는 달리 스케일이나 여러 음악적 완성도 측면에서도 뮤지컬을 압도하고도 남는다. 왜 사람들은 이러한 오페라에 열광하는지 주목할 이유가 있을 것 같다. 거의 예술 작품이 주로 주제는 사랑을 다루고 있다. 사랑의 숭고한 가치를 사건 구성으로 갈등으로 끌고 가다가 사랑의 극적인 요소를 연출하며 사람들의 감성을 최고조로 달구어 낸다. '라 트라비아타'는 이탈리아어로 '방황하는 여인'이라는 뜻이다. 이 여인이 왜 방황했을까를 눈여겨보며 이 작품을 곱씹어 보는 것도 백미다.

주요 등장인물
- 비올레타: 여주인공
- 알프레드: 비올레타의 연인
- 조르조 제르몽: 알프레도의 아버지

사랑은 어디서 날아와서 어떻게 시작되는지 민들레 홀씨에게 물어볼 수도 없고 사랑은 어느 날 홀연히 다가오고 시작되는가 봅니다.

제1막에서는 그 유명한 축배의 노래가 연출되듯이 인생 뭐 있나 한 번 실컷 놀아보고 쾌락을 즐기다 가자며 부어라 마시라 하며 밤을 불태운다. 파티가 주는 짜릿한 육체의 향기를 탐하면서 불나방처럼 모여든 나비들과 쾌락의 절정을 즐기던 그녀에게 남자가 다가온다. 한 번도 느끼지 못했던 사랑의 느낌이 그녀의 영혼을 깡그리 물들게 한다. 표현에 따르면 우주가 떨리는 기쁨이라고 가슴 떨림을 표현하고 있다. 사랑은 그렇게 중독환자처럼 치명적으로 다가와 영혼에 기생하며 꼼짝 못 하게 포박하며 먼 신곡으로 데려다 놓는다. 서로 뜨거운 사랑을 하며 행복하면 작품 구성이 안 될까 작가는 못되게 칼질한다. 남자의 아버지는 아들이 교제하는 여자가 옛날 품행이 단정치 못한 경력을 꼬집고, 아들과의 관계를 끊기 위해 갖은 계략을 들어 여자의 가슴을 병들게 한다. 흔히 보는 이야기가 전개되며 여자는 남자를 떠나보내고 오해로 인한 남자도 욱하는 성질에 돌아선다. 하지만 이상한 사랑의 묘약은 여기서부터 사람의 영혼에 이상한 반응을 일으킨다. 사랑 참 이상한 묘약이다. 한 번 이 사랑을 경험하고 물들어 병들면, 지울 수 없는 문신처럼 영혼에 자국으로 남는다. 사랑이라는 영원불멸한 주제를 걸고 언제나 다가와도 물리지 않는 이유는 도대체 무엇이란 말인가? 사랑이 가지는 치명적인 이유가 반드시 설명되어야 할 뭔가가 있다는 것이다. 연주되는 베르디의 작품을 느끼며 참 감사한 마음에 고개가 절로 숙여진다. 이렇게 잘 짜인 곡들을 들을 수 있게 곡을 써주셔서 들을 수 있는 게 여간 행복하지 않다. 이 작품을 보며 사랑이 바람처럼 왔다가 지나가는 궤적을 쫓으며 꼬리를 잡고 고뇌의 밤을 휘저어본다.

아기가 어미 배 속에서 태어날 때 왜 울부짖는다고 생각하는가? 사랑이 떨어져 나간 구멍 때문에 울어댄다. 어미와 아이의 수유 시간은 아이가 뚫는 가슴에 사랑이 채워지는 시간이기에 아이는 행복하다 못해 편한 잠을 쉴 새 없이 잔다. 사람은 누구나 사랑의 구멍 난 못 쓸 구석을 가지고 있으며 언제나 이 구멍을 사랑으로 채우지 못하면 허기져서 아파하고 아이처럼 울다가 지쳐 잠이 들곤 한다. 심지어 빠져나간 사랑 때문에 그 충격에 힘겨워 자살하는 이도 있고 여주인공처럼 시름시름 앓다가 몸져누워 버리는 예는 수도 없이 많다. 극 중 아버지는 아들을 놓치고 싶지 않아 몸부림치고 아들은 아들 대로 여자는 여자대로 이렇게 구멍 난 사랑 채우려 하는 게 사람의 숙명이요, 메커니즘이 틀림없다.

어떤 형식이든지 사람은 사랑으로 이 구멍을 메워야 본질적 영혼의 허기짐에서 벗어날 수 있다. 예술은 끊임없이 이 구멍 난 사랑을 노래하며 사랑하기를 갈구하고 표현한다.

사랑은 사람의 생명이요, 존재의 크나큰 이유임을 아는 것이 첫째 복 있는 자다.

구멍 난 사랑의 가슴에 뱀들이 물어뜯고 있다면 서글픈 지옥의 현실을 사는 자다.

서로 사랑하라는 말에는 이렇게 숨겨진 비사가 있을 줄이야 어떻게 알겠는가!

축배의 노래가 오늘도 주위에서 넘쳐난다. 이게 행복이라고 정작 사랑이 어떻게 내 속에 박혀 자라는지 세세히 살피고 모자란 사랑 꽉꽉 채우는 나날들이었으면 좋겠다.

오이디푸스왕에서
본다는 것이 지니는 의미

오이디푸스왕의 비극적 환경은 본다는 것의 원초적 본능의 역설적 발화인지 모르겠다.

본다는 것은 안다는 것과 같다는 명제가 진실이라면 한계를 넘어 본다는 것이 산다는 것과 같은 개념으로 추정한다면, 오이디푸스는 본다는 것을 통해 본능적 삶의 산다는 것을 충실히 실천한 존재임에 틀림이 없다.

엄마를 모르고 넘지 못할 선을 넘어버린 운명의 영혼, 오이디푸스는 그 여자의 무엇을 보았기에 그 시각적 충만함이 가져다주는 시선의 미학 속에 오이디푸스는 한 걸음 더 나아가 봄으로 실존의 행복을 다 누리는 것이 온당하였건만 오히려 그 반대의 운명을 맞이하고 자기 시선을 파괴하는 끔찍한 결과를 초래했다.

모성애적인 끌림은 한 여인의 푸근함과 오이디푸스의 시각을 잃게 하는 결과를 만들었다.

볼 수 있는 능력을 상실케 함으로써 자신의 죄악과 모멸감이 속죄의 편안함이라 여겼다.

이러한 사건은 오이디푸스의 역설이요, 아이러니한 결과다.

역설적 예로 이 작품의 전체 스토리를 대상으로 문제를 분석하기보다는 심봉사의 소경인 입장에서, 본다는 것의 시각을 조명해보므로 본다는 것의 실체를 다시 한번 확인하고자 한다. 심봉사의 소원은 눈을 활짝 떠서 세상을 가슴에 모조리 품는 일이었다.

얼마나 보지 못하는 일상을 원망하였는가?

수천 석을 내어놓는다고 하더라도, 심봉사는 흔쾌히 허락하였을 것이다.

앞서 얘기했지만 본다는 것은 진정 살아있음을 의미하고 봄으로 살아있음에 역동 되는 수많은 사례를 심봉사는 욕망하고 또 갈구한 사례일 것이다.

결국, 이 고전소설의 중간과정은 생략하더라도 해피엔딩으로 심봉사의 눈에는 빛을 감지하고 세상을 품을 수 있는 행운을 얻었으니, 이 주제가 말하는 본다는 의미를 정직하게 채워준 사례라 할 것이다.

이번 과제의 탐구는 두 인물을 통해 본다는 것, 그로 인해 안다는 것을 의미해보고 둘러보았다. 오이디푸스가 봄으로 시선의 비극을 부르는 눈을 소실했고, 한편으론 심봉사의 광명은 새로운 세상과 마주함에 있어 본능적 충실함의 출발이 된 것이다.

3부

코스모스

죽이러 갑니다 / 채식주의자

죽이러 갑니다

가쿠타 미쓰요 일본 여류작가의 단편 소설이다.

이 작가는 꽤 유명한 저서를 남겼고 1988년 이후로 왕성한 활동을 하고 있다. 1967년 3월 8일생으로 가나가와현 요코하마시에서 태어났다.

우선 '죽이러 갑니다'라는 제목에서 공포의 느낌이 묻어난다. 누구를 죽이고 싶다는 고백은 내적인 고백이요, 철저한 분노와 적의의 산물이다. 작가는 소설 첫 문장으로 독자를 불안의 성으로 몰아넣는다.

누구나 인생을 살다 보면 떨어지는 낙엽들이 퇴적층을 이루듯이 누군가에 의해 상처를 아무 죄의식 없이 당하면 그 상처는 평생 그 사람의 정신적 세계를 병들게 하고 한 생명체의 심장에 암세포로 전이시키는 또 다른 살인 행위나 마찬가지일 것이다.

작가는 첫 문장을 '저요? 전 지금 사람을 죽이러 갑니다.'라고 고백하고 그 버스에 탔던 구리코라는 주인공이 이 충격적인 고백을 듣게 된다.

구리코는 고속버스를 타게 되는데 버스에 올랐을 때 이미 뒷좌석에 여자 둘이 앉아 있었다. 구리코는 여자들의 얼굴을 제대로 보지 않고 자리에 앉아 있었다.

뒤에서 들려오는 이야기에 따르면 둘은 우연히 같은 좌석에 나란히 앉게 된 생판 모르는 사이였다. 중년 여성은 현재 이와타에 살고 있고 교토에 시집간 딸에게 가는 중이었다.

서로 화기애애한 대화를 이어가며 특히 중년 여성은 상대 여자에게 호감을 표시하며 점점 기분이 들떠 말을 이어갔다.

대화 중에 "그보다 아가씨는 도쿄에 무슨 일로 간다지? 쇼핑? 친구 만나러?" 아주 친한 사이인듯한 말투로 중년 여자가 묻자 젊은 여자가 대답했다.

"저요? 지금 사람을 죽이러 갑니다." 구리코는 잠이 슬며시 들다가 희미한 그 소리에 확 깼다. 사람을 죽이러 간다고 말할 사람이 세상에 어디 있겠는가? 그런데 젊은 여자가 그렇게 대답 이후 뒤쪽은 갑자기 조용해졌다…. 〈중략〉

작가는 이러한 살의의 고백을 통해 인간 내면에 어긋난 분노의 적의가 얼마나 사람을 불안으로 퇴적층을 이루게 하는지를 묘사하고 있었다.

작품 속에 등장하는 인물들의 성장 과정에 나타나는 트라우마를 천착해보면 그곳에는 인간의 슬픔이 묻어 있고 누구나 그 깊은 골짜기에는 해결되지 못한 애환이 분노와 적의의 모습으로 현대인의 내적 불안 상을 단편적으로 충격적으로 묘사하고 있었다.

누구를 죽이고 싶어질 정도로 증오가 쌓인 인간사에 맺힌 억울함과 분노의 깊이는 얼마나 될까? 구리코 본인 자신도 친구와 대화에서 아이러니하게도 어린 자기 자식을 죽이고 싶다는 고백 앞에 소름이 돌았다.

"저요? 사람 죽이러 갑니다."라고…. 누군가를 죽이고 싶다는 것은?

이야기는 잔혹한 묘사 하나 없지만 더할 수 없이 오싹하며 우리가 안주하고 있는 이 평범한 일상에 대해 곱씹어 생각하게 만든다.

쓸쓸한 살의를 다양한 관계 속에서 그려 나간 작품이다.

채식주의자

한강은 2016년 5월 16일 자신의 세 번째 장편 소설 『채식주의자』로 한국인 최초로 맨부커상 인터내셔널 부분을 수상했다. 채식주의자는 20007년에 출간된 채식주의자, 몽고점, 나무 불꽃, 등 소설 3편을 하나로 연결된 연작 소설집이다. 이 작품은 문학인이라면 누구나 읽어봤을 소재의 작품이다. 텍스트 독자반응비평은 누구나 보는 시각에 따라서 해석의 모양새는 다양하다. 고정화 될 필요는 없다. 이 소설에서 끈질기게 주인공 영혜에게 요구하는

"영혜가 아직도 고기를 안 먹나?"

고기를 안 먹는 영혜를 향한 가족들의 집요한 폭언과 심지어 아버지의 폭력적 장면은 가혹하기도 하지만 섬뜩하기까지 했다. 이 소설은 스릴러 같은 내면의 아이러니들로 가득 차 있다. 고기라는 은유화 된 불안 덩어리가 언제 왜 이 사람을 정신적 육체적 가없는 노예로 만들었는지 새겨볼 만하다. 꿈이라는 매개를 세로 형태의 문체로 죽음에 관한 이야기들을 해가며 영혜의 정신적 초자아를 가압하면

서 그의 정신세계의 혼과 영을 가두고 억압하고 노예처럼 조정하게 했다. 고기는 영혜에게 있어서는 트라우마의 상징적 가해자는 뚜렷이 정신세계에 낙인찍혀있어 그 누구도 고기라는 은유적 상징인 그 세계가 자기 내면으로 침입하지 못하게 몸부림친다. 트라우마는 비극적이다.

가령 예를 들면 어릴 적 이웃집 아저씨에게 성폭행당한 그 여자는 그 남자의 목소리 그 사람의 눈빛, 기타 그 남자의 모든 것이 '고기'라는 은유적 상징으로 내면화되어 다가온다. 혹여 일상에서 이 부분이 접목되면 비명을 지르고 발광한다.

이는 그 당시 트라우마의 흔적이 고스란히 여자의 내면 상처를 조각되게 하고 그 분노와 적의는 극도의 불안이라는 심리적 정서적 현실로 다가오게 만든다. 정리되지 않은 정신적 상태는 이 작품 속에 영혜에게 있어서 꿈이라는 또 하나의 기호로서 정신적 영역 속에 무의식이라는 페르소나를 가장한 위험스러운 침입자로 감염되게 만든다.

질병이자, 한 사람을 떠나 사회에 대한 비극이 아닐 수 없다.

몽고점이 상징하는 푸른 은유 또한 인간 내면에 상처를 상징하는 메타포로 사용되었으며 채식주의자는 독특한 식습관을 가진 사람들의 일탈한 모습의 소유자가 아니라 어쩌면 인생을 살아가는 우리 모두의 공통된 내면의 그림자라고 생각한다. 과거의 축적된 분노의 씨앗이 발아되어 내면을 처참하게 만든다. 누가 불안의 산물인 고기를 영혜에게 주는가?

어둠의 그림자가 그를 뒤덮고 포도밭 묘지가 되어버린 현대인들의 잃어버린 가슴 하나를 역설적 상징을 통해 불행스럽고 눈물 나게 묘사하고 있다.

십자가에 흘리는 참혹한 고통 영혜는 그 누군가에 의해서 침윤되어버린 영혼을 부여잡고 야위어서 갔고 고통이 끝나는 죽음을 향해 질주하고 있었다.

타인의 고통 (서평)

저자 수전 손택은 소설가이자 평론가로 1933년 1월 16일생으로 미국 태생이며 2004년 12월 28일 사망 하였다. 1966년 평론집『해석에 반대한다』를 통해 문화계의 중심에 섰으며 해박한 지식과 특유의 감수성으로 뉴욕 지성계의 여왕으로 불렸으며 인권과 사회문제에도 거침없는 비판으로 맞서 행동하는 지식인의 면모를 보여 주었다.

그의 활동 분야는 문학, 연극, 영화 등이었으며, 각 계층의 뚜렷한 시선으로 전미도서 평가협회상, 전미 도서상, 국제 도서전평화상 등 여러 문학의 수상을 하였다. 저서로는『은인』,『해석에 반대한다』, 『사진에 관하여』,『은유로서의 질병』,『타인의 고통』등이 있다.

타인의 고통이라는 책 제목이 가리키는 직설적 개념을 묵상하다가 과연 이 책이 명시하는 계층은 어디에 있을까 생각했다. 타인의 고통이라는, 어쩌면 인생은 그 이야기가 수고와 괴로움이라는 여정을 말하고 있는 것 같다. 은유적 시각이 아니더라도 우리는 스스로가 고통 속에 직간접적으로 살고 있다. 사회적 관계 속에서 타자는 나를 들여다보고 나 또한 그들을 들여다봄으로 시각과 시선이 만나는 현상 속에 그들의 고통을 이해하고 조명하는 데 의미가 있다고 본다. 또한, 인생 고통의 파노라마 속에 작가는 특별히 전쟁이라는 주제를 주시하여 세계 각국에서 벌어진 전쟁이 가져다주는 비인간적이며 말살하는 세계와 인간의 잔혹성 내지는 그 심리를 들여다보며 독자의 시선으로 파헤쳐 보는 데 의미를 두려 했다.

그러면 이 책의 주요 메시지들을 간략하게 소개하고 그때의 상황과 타자의 느낌을 기술하여 서평을 마무리하고자 한다.

전쟁이라는 감정을 공포와 혐오 그리고 가증스럽고 잔혹한 만행이라고 반드시 중단되어야 한다는 노력에도 오늘날 전쟁이 없어질 것이라고 믿는 사람은 없다. 왜 그런 것일까? 미국, 프랑스, 독일, 이탈리아, 독일을 비롯한 주요 15개국이 전쟁을 이제는 국가 정책의 도구로 사용하지 않겠다고 장엄하게 선언한 1928년 켈로그 조약 같은 종이 위의 환상은 왜 무용지물이 되었을까? 당신은 전쟁을 방지하려면 어떻게 해야 한다고 생각하십니까? 하고 물어보지 않고 당신의 견해로는 우리가 전쟁을 방지하려면 어떻게 해야 한다고 생각하십니까? 하고 문제로 제기한 것이 바로 우리라는 말이다. 당면의 문제가 타인의 고통에 눈을 돌리는 것이라면 이제는 우리라는 말을 당연시해서는 안 된다고 말한다.

전쟁의 사진 속에 산산이 조각난 어른들과 어린아이들의 몸통 전쟁은 모든 살을 허물며 철저히 파괴됨을 보여 주고 있다. 도시의 경관은 골조가 다 드러나고 거리에 나뒹구는 주검만큼 사람들의 감정을 뒤흔들어 놓는다.

시선이 닿는 곳에 사람들의 영혼 깊숙이 만감이 교차하며 꿈틀거리는 정신적 내면 또한 무너진 파괴된 건물만큼이나 정신적 파괴를 불러일으켜 온다. 전쟁이 만들어 놓은 파괴적 모습, 헐벗은 괴물과도 같은 응결된 모습이 모든 걸 초토화하고 팔다리를 잘라버리고 황폐화하는 비극적 사진들, 이렇게 몸서리치는 비극적 사진들, 이런 고통스러운 전쟁을 없애려 애쓰지 않는 것이야말로 도덕적 괴물의 반응인 것이다.

그녀는 말한다. 우리는 괴물이 아니라 교육받은 계급의 일원이라고, 우리가 겪은 실패는 상상력의 실패 공간의 실패라고, 우리는 이런 현실을 마음속 깊숙이 담아두는 데 실패해왔다고, 강조하고 있다.

본다는 것, 우리의 시선이 머무는 곳에 우리의 행불행이 자라나고 꺼져간다. 그녀는 이러한 시선의 정거장에서 오는 전쟁이 주는 참혹한 감정들을 역설적으로 이미지 환기를 시키며 독자들에게 되묻고 있다. 또한, 불구가 된 육신이 찍힌 사진들은 전쟁을 향한 비난을 북돋는 데 쓰일 수 있으며 전혀 전쟁을 겪은 바 없는 사람들에게도 마치 마법처럼 전쟁의 현실을 전달해주곤 한다. 그렇지만 오늘날 전 세계가 분열되기 때문에 전쟁이 불가피하여 심지어는 정당하다고까지 믿는 사람들은 그런 사진이 전쟁을 포기해야만 하는 이유를 그 누구에게도 전달해주지 못한다고 응수할 것이다.

잠깐 우리가 응시하는 시선의 객체 중 쉴 새 없이 밀려드는 미디어 세상의 이미지가 둘러싸고는 있지만, 가만히 생각해보면 사진이 가장 자극적이다. 프레임에 고정된 기억 그것의 기본적인 단위는 단 하나의 이미지다.

정보 과잉 시대에는 사진이야말로 뭔가를 신속하게 파악할 수 있는 방법이자 그것을 간결하게 기억할 방법이다. 사진은 충격적인 이미지며 바로 그 점이 놀라게 할 것이라고 여겨졌다. 단어의 무게, 사진의 충격, 좀 더 적극적인 이미지를 사진 산업은 곧 충격이 소비를 자극하는 주된 요소이자 가치의 원천이 되는 것이 정상적이라고 여겼다. 풍부한 숙련자의 작품으로 이해되든지 간에 사진의 의미는 그 사진이 얼마나 공명을 불러 고통을 받아들이는 것과 별개로 고통을 증명한다는 것에는 도대체 무슨 의미가 있을까?

고통받는 육체가 찍힌 사진을 보려는 욕망은 나체가 찍힌 사진을 보려는 욕망만큼이나 격렬한 것이다. 움찔거린다는 것 자체도 일종의 쾌락이라는 말속에 인간의 잔악한 심리가 내재하여 있고, 좀 더 자극적이고 흉악한 장면을 즐기려는 우리는 관음증 환자다. 실제로 발견한 죽음을 포함해 그 죽음을 영원히 잊히지 않게 만드는 일은 오직 카메라만이 할 수 있는 일이다. 1만 4천여 명의 캄보디아인들이 살육된 이 감옥에는 1975년부터 1979년 동안 이곳에서 찍은 6천 장의 사진들이 은닉되어 있었다. 크메르루주가 행한 잔혹상을 기록할 특권을 누렸던 이 자료의 기록자들은 제 자리에 앉은 채 자신의 눈앞에서 진행되는 처형 과정을 사진에 담았다. 훗날 살육의 들판이라는 책을 통해서 공개되었다.

실제로 현대사회에서는 타인의 고통을 성찰할 기회가 셀 수도 없이 많다. 잔혹한 행위를 담은 사진들은 상반된 반응을 불러일으킬 수 있다.

평화를 주장하는 반응 아니면 복수를 부르짖는 반응. 뭔가 끔찍한 일이 벌어졌다는 정보를 담고 있는 사진들을 계속 본 나머지 충격에 빠져 의식이 멍해질 수도 있다. 타일러 힉스(Tyler Hicks)가 찍은 세 장의 컬러 사진, '도전 받는 국가(A Nation Challenged)'라는 특집면을 통해서 미국의 새로운 전쟁을 다루고 있던 〈뉴욕타임스〉 1면에 실린 그 사진들을 누가 잊을 수 있단 말인가? 이 세 장의 사진은 군복을 입은 채 다친 어느 탈레반 병사가 카불로 진격 중이던 북부 동맹 병사들에게 발각되어 맞게 되는 운명을 담고 있다.

첫 번째 사진에서는 돌덩이가 무성하게 깔린 길바닥에 등을 질질 긁히면서 끌려가는 장면이 담겨있다. 그를 체포한 두 명의 북부 동맹 병사들 가운데 한 명은 그의 팔을 잡고 있고 나머지 한 명은 다리를 붙잡고 있다.

두 번째 사진에서는 땅바닥에 주저앉은 채 두려움에 사로잡힌 눈으로 자신을 에워싼 북부 동맹 병사들을 쳐다보고 있다.

마지막 세 번째 사진에서는 그 탈레반 병사가 북부 동맹 병사들에게 도살되어 무릎이 구부러진 상태에서 두 팔을 축 늘어뜨린 채 죽어 있는 모습이 담겨있다. 땅에 질질 끌린 나머지 바지가 벗겨져 거의 알몸이 됐고 허리 부근부터 피를 철철 흘리고 있다.

온갖 기록을 담고 있는 이 미국 최고의 신문은 당신을 울부짖게 하기 충분한 사진들을 싣곤해서 매일 아침 이 신문을 끝까지 읽으려면 당신에게는 그야말로 엄청난 자제심이 필요할 것이다. 그렇지만 타일러 힉스가 찍은 사진들이 자아낸 연민과 메스꺼움으로 마음이 심란해진 나머지 그밖에 다른 어떤 사진들이 당신에게 보이지 않는지, 그러니까 당신이 그밖에 어떤 잔악 행위들과 어떤 주검들을 보지 못하고 있는지 물어보는 것을 회피해서는 안 된다.

타인의 고통을 담은 사진작가의 내면은 어떤 색깔이었을까? 담담하고 멍멍해진다. 전쟁의 사진들이 보여 주는 광경에는 이중적 메시지가 들어있다. 이 사진들은 잔인하고 부당한 고통·반드시 치유해야만 할 고통을 보여 준다.

그리고 그와 동시에 이런 고통은 다름 아닌 바로 그런 곳에서 발생하는 일이라고 믿게 해준다. 곳곳에 존재하는 이런 사진들 이 세상의 미개한 곳과 뒤떨어진 곳에서 이런 비극이 빚어진다는 믿음을 조장할 수밖에 없다. 전쟁은 인간이 실습 적으로 행하는 일 그것 자체가 인간에게 가한 고통이 누적된 까닭에 결코 억제되지 못하는 그 무엇으로 채어져 있다. 예술가들은 끔찍하기 이를 데 없는 전쟁의 면면을 보여 줄 수 있는 용기와 상상력을 지녀야 한다고 했다.

레오나르도 다빈치는 예술가의 시선이라면 말 그대로 냉정해야 한다고 주장한다. 다시 말해서 예술가들이 그린 전쟁의 이미지는 사람들의 간담을 서늘하게 만들어야 하며, 바로 그 끔찍함 속에 매력적인 아름다움이 놓여 있다는 것이다. 숭고하거나 장엄하여 그도 아니면 비극적인 형태로 아름다움을 담고 있으니 유혈 낭자한 전투 장면도 아름다울 수 있다는 아이러니한 주장도 있으니 역설적이라 말하지 않을 수 없다.

현대의 삶이 사람들을 타락시키는 일련의 공포로 이뤄져 있으며 사람들이 이런 공포에 점점 더 익숙해져 간다는 주장은 현대성에 대한 비판 그러니까 현대성만큼이나 오래된 비판의 바탕을 이루는 사고방식이다.

1800년 워즈워스는 서정 가요집 서문에서 매일 국가적 사건들이 발생하며 모두 획일적인 작업을 가진 탓에 기이한 일들을 열망하게 되고 이 열망을 급속한 정보전달이 매시간 충족시켜주는 도시로 사람들이 점점 더 모여들고 있다는 사실이 일으킨 감수성의 붕괴를 고발했다. 이렇듯 사람들이 지나치게 자극을 받게 되면 정신의 분별력이 무뎌질 뿐만 아니라, 정신이 미개하다고 할 만큼 무감각해지는 상태에 빠지는 결과가 빚어진다는 것이다. 영국의 시인은 매일 벌어지는 사건들과 매시간 들려오는 기이한 일들 탓에 정신이 무너진다고 했다.

프랑스인 보들레르가 1860년대 초 자신의 일기에 적어놓은 기록을 살펴보면 매일, 매달 혹은 매년 신문 지상에 인간의 사악함이 빚어낸 가장 끔찍하기 이를 데 없는 소식이 실리지 않을 때가 없다. 첫 줄부터 끝줄까지 모든 신문은 공포에 질릴 만한 소식투성이다. 군주들, 국가들, 사적 개인들이 저지른 온갖 전쟁, 범죄, 절도, 호색, 고문, 사악한 행위, 온 세상에 판치는 잔악 행위 등⋯. 문명화된 인간은 매일 매스꺼운 전체로 아침의 식욕을 돋운다.

결국, 타인의 고통은 역사적으로나 현실적으로 우리 주위에 아니 본인에게도 연출되며 매일 파도처럼 밀려오며 상처를 남기고 간다.

이 글을 읽는 동안 인간 내면에는 말할 수 없는 괴물이 살고 있으며 또한 타인의 고통을 숭고미처럼 여기려는 잔인함이 숨겨져 있음을 느꼈다. 이러한 본심이 있는 한 전쟁은 늘 습관처럼 재생되며, 우

리는 종전기자들의 피 냄새나는 사진들을 지켜보며 타인의 고통을
즐겨야 하는 비극적 상관관계임이 틀림없다는 생각이 들었다.

헤게모니적 남성에서 벗어나는
주변적 남성성

헤게모니적 남성에서 벗어나는 주변적 남성성에 관한 주제를 내어놓았다. 이번 주제는 시대적으로 사유하기에는 이미 지나간 주제지만 과거를 유추해보고 남성성이 가지는 특성과 의미를 재확인해봄으로써 남성 우월주의가 스쳐 지나간 발자취를 되짚어 볼 가치가 충분하다고 본다. 캐릭터 하나를 꼭 집어 해석하기가 좀 난센스적이라 본다.

이미 페미니즘 운동의 여파와 여성들의 사회 활동이 역전되는 현실에서는 의미가 없어 보인다. 학문적 특징과 의미를 분석함으로써 성평등의 보편성을 살펴보는 것도 유익하리라 본다. 남성성의 위기가 가부장제의 쇠퇴에 관한 담론은 페미니즘의 주요 관심사다.

지난 30년 동안 전 세계적 경제위기가 심화한 결과 근대적 남성성의 핵심인 생계 부양자로서 남성의 역할은 이미 불가능해졌다. 대부분 경제는 홀벌이로 지탱할 수 없게 된 지도 오래다. 고개 숙인 아버지의 쓸쓸한 뒷모습을 보고 자란 아들들은 이제 더는 여자를 먹여 살리는 것을 남자의 일이라고 생각하지 않는다.

하지만 경제위기는 남성의 위기로 재현되었을 뿐 정작 망가진 것은 여성의 현실이다.

수십 년간 한국 남성은 혼자 벌어 가족을 건사하기 불가능해진 상황에서 전업주부를 증오하면서도 맞벌이 아내를 위한 가사노동은 외면하였고 직장 구조 조정 위기가 당연하다고 생각했다. "결혼하면 아침밥은 차려줄 거지?"라고 프러포즈하는 남자가 아직도 있다.

여자들은 이러한 표현을 낭만이 아니라 공포로 이해한다. 평생 남자의 운명에 자기 삶을 맡기고 50년 동안 아침밥을 차려줘야 할지도 모르는 현실로 말이다.

결혼제도가 와해하고 생계 부양자로서 지위를 잃어도 이성애를 통해 생물학적 남성성을 과시하는 것으로 근근이 버텨 왔던 한국 남자들은 이제야 진정한 위기를 맞게 된 것이다.

본 주제에 접근해보면 '주변적 남성성'에 관한 시선이다.

세상은 평등하지 않다. 가난한 남성, 장애인 남성, 학력이 낮은 남성 어떤 특정 기준에서 뒤떨어진 집단을 말하고 있다.

한국에서 병역의무를 마치지 못한 남성의 남성성은 지배적 남성성의 위계 아래에 있다.

고위 관리직에 임용될 때 특히 군필에 대한 잣대는 냉혹하다. 남성성에 대한 엄한 기준 사례라 볼 수 있다.

이러한 남성성을 '종속적 남성성'이라고 부른다. 또한, 다른 표현으로 주변적 남성성이라고 표현한다. 종속적인 지배 적의 반대어가 맞지만 실제로 그들의 남성성은 그다지 종속적이지 않다. 주변적 남성성은 상대방이 누군가에 따라 혹은 피지배 계급의 남성으로서 어떤 자원을 동원할 수 있느냐에 따라 더욱더 강한 남성성으로도 표출되기 때문이다.

낮은 계급 남성의 남성성과 지배 계급 남성의 남성성은 나이, 인종, 학력에 따라 다르게 작용한다.[1]

주변적 남성성은 남성 계급 내부의 정치, 경제적 약자의 남성성을 지칭한다.

주변적 남성성은 남성 문화 안에서는 중심을 지향하거나 비굴하고 의존적인 태도를 보이지만 여성에게는 더 폭력적이고 강한 남성성을 보이는 경우가 많다. 그래서 어떤 면에서는 주변적 남성성은 전복적인 남성성이다. 지배적 남성성의 자원이 권력·지식·자본 등 주로 구조적이고 합법적이며 대중이 욕망하는 일반적인 권력이라면 주변적 남성성의 특징은 직접적 폭력이나 협박, 치킨게임과 같은 '대로 위에 드러눕기' 낭만화된 하위문화, 여성의 모성과 연민을 자극하는 자자극 등이 있다. 가부장제 사회에서 남성성은 여성성보다 우월한 가치로 여겨지기 때문에 여성들은 남성이 기사도 정신, 신사다움, 합리성, 지성, 경제력이 있을 것이라고 기대한다. 사실 이것이 모든 이성애의 비극이기도 한데 이러한 조건을 갖춘 '좋은 남성'은 드물다. 실제 들이 경험하는 대부분 남성은 치사하고 폭력적이고 무섭고 협박을 일삼으며 비열하고 쪼잔하고 소심하고 무능력하며 게으르고 더럽고 안 씻는 경우가 많다.[2]

1 권김현영, 「한국 남성성을 분석한다」, 교양인, 2018, 49p
2 앞쪽, 52p

일본 사회의 NEET 족과 탈력 문화가 있다. 전자는 교육, 취업, 노동 훈련을 거부하는 자발적 패자들이다. 스스로 하류 문화를 지향하고 공부나 노동하지 않는 것을 당당하게 여긴다. 조금이라도 힘이 들어가는 일은 하지 않는다. 노동은 물론이고 섹스, 연애, 놀이, 관계 맺기 등 인생에서 조금이라도 신경을 써야 하는 일은 하지 않는다.

그야말로 숨 쉬는 일 외에는 하지 않으면서 최소한의 삶을 사는 것이다. 괴로운 일상의 원인은 자신보다 지위가 높은 남성 때문인데 여성들에게 문제를 전가한다. 개인적으로 문제가 생길 때는 여성들에게 문제를 전가한다.

남성은 정체성이 아니라 포지션이다. 모든 남성은 직접적인 성차별의 수혜자이자 잠재적인 가해자의 위치에 있다. 그것은 남성 개인의 품성이나 가치관이나 성찰과 무관하다. 남성은 자신도 남성성의 피해자라고 주장하지만 그리고 그러한 주장은 어느 정도 일리가 있지만 스스로 남성 문화를 바꾸는 사회 운동에 참여하는 이들은 서구의 경우 극소수이고 한국에는 없다.[3]

대중 매체에서 재현되는 그 많은 '실장님, 팀장님'은 어디에 있는가? 결국, 여성들은 괜찮은 남자가 없다는 사실을 깨달았다. 지금 한국 사회의 여성들은 이러한 깨달음을 즉각 실천에 옮기고 있다. 우리나라 여성의 실천인 만혼 비혼 저출산의 비율과 증가속도는 세계 최고의 수준이다.[4]

---

3 앞쪽, 54p
4 앞쪽, 55p

식민지 남성성에서는 한국 남성은 역사상 한반도 외세와의 관계에서 한국 여성을 보호한 적이 없다. 더 중요한 문제는 자신이 소유한 여자를 적에게 빼앗긴 자존심의 상처를 다시 한국 여성에 대한 성폭력이나 구타로 해결하려는 것이다. 이러한 사고방식은 남성 영화 평론가들이 극찬한 반미 에로 영화 〈태극기를 꽂으며〉에서 가장 상징적으로 재현되었다.

이 비주류 영화에서 국기는 한국 남성의 성기를 의미한다.

영화의 내용은 중학생 사망 촛불 시위를 접하고 울분을 느낀 한국 청년이 주한 미군 사령관과 부시 대통령의 아내를 성 노예로 만들어서 결국 주한 미군 주둔군 협정 개정에 성공했다는 이야기이다. 여성은 남성과 달리 남성 중심의 국가건설보다는 민족적인 사회 공동체를 원한다. 이들 간 대화는 불가능하다. 한국 남성은 여성이 무얼 원하는지 자신을 어떻게 생각하는지 모른다. 이 갈등을 더는 견디지 못한 사람들은 1인 가구를 선택하기 시작했다.[5]

〈무한 도전〉

무한 도전의 남성성 재현과 텍스트에서 나타나는 남성들의 문화적 의미는 무엇일까?

분석에서 드러난 바와 같이 무한 도전은 주도권 적 남성의 이상에 이르지 못하는 남성 다양한 흠결을 지닌 패자 남성성을 보여 준다.

이들은 지적 능력, 외모, 체력 등에서 형편없이 부족한 데다 의기

---

5 앞쪽, 63p

와 연대 같은 전통적 규범을 배반함으로써 바람직한 남성성에 이르지 못하는 흠집과 결합의 몸들을 상징적으로 배열하고 전시했다. 전통적으로 코미디의 캐릭터는 열등한 존재로 설정한다.

하지만 그 열등한 존재의 실수담은 사회적 환경의 왜곡됨에서 비롯된 것임을 깨닫게 한다는 점에서 비판적 풍자성이 있다. 무한 도전에 등장하는 인물들의 열등함은 반성을 촉구하기보다는 오히려 공감을 불러일으킨다고 시청자들은 이야기하고 있다. 이러한 주도권적 남성성을 패러디하는 것은 위로의 한편 규범의 이상형을 역설함으로 강화하기도 한다.

성평등 문제가 사회적 문제로 정착화된 지도 오래다. 봉건적 시각에서 삿대질을 해왔던 성에 관한 이분법적 논리는 인제 와서 성역이 무너진 지 오래다.

동성애가 합법화되어 인정되기 시작했고 음지에서 엄밀하게 진행되어온 젠더, 레즈비언 같은 성의 변환된 사람에게도 하나의 인격체로 자유권과 평등 된 권리를 인정하게 됨으로써 성차별에 대한 성역이 서서히 무너지고 있다.

근대에 들어서면서 이러한 성별 성 정체성에 관한 논란은 한차례 폭풍이 지나가듯 유행처럼 지나가 버리고 그럴 수 있다는 이해와 문화의 흐름을 인정하기 시작했고 유럽이나 미국에서는 이미 일반화 수준이다.

아직 유교적 전통인 우리나라에서도 서서히 이러한 법적 문제에 관한 입법 활동이 보편화하는 수준에 이르렀다. '남자다'라는 것이 대체로 해부학적이라면 남성성은 확실히 사회적이고 문화적이고 역사적이며 소년에 대한 것만큼이나 소녀에 대한 어떤 것이고 시간이 흐르면서 확실히 어떤 생물학적 성별과도 특별히 연결되지 않게 된다.

남성성과 여성성은 남성과 여성의 특성으로서 사회문화적 구성물로 존재할 뿐 사람들의 소유물로 존재하지는 않는다. 남성성, 여성성 용어와 함께 성은 현대사회에서 사람들이 성별에 기반을 둔 남녀 차이가 있다고 상상하기 위해 실제로는 아무것도 없는 곳에 사용하는 이데올로기이다. 우리가 존재들을 통해 우리에게 구체적인 형식으로 나타나는 무엇이다.[6]

패자 문화라는 것도 주변적 남성성에 관계되는 색깔을 가지고 이고 남성성의 몰락 내지는 성평등 문제는 근대 역사의 흐름을 바꿔놓았다. 아직 국민 청원 게시판에 오르는 주제 중에 인권과 성평등이 제일 많다고 한다. 하지만 기후 변화가 세계의 흐름을 바꿔놓았듯이 남성성의 위기 내지는 변화는 그 주요 원천은 노동 세계의 변형에서 그 근본 이유를 찾을 수 있다. 1970년대와 1980년대 그리고 1990년대의 경제, 산업, 사업, 문화적 측면에서 중요한 재구조화가 이루어졌다. 소위 남성성의 위기를 낳은 주요 원인 중의 하나는 여지없이 서구 경제 전반의 노동시장에서 일어난 변형이다. 노동이 기술과 전문지식과 권위를 발전시키고 행사할 기회를 제공할 뿐 아니라 돈, 권력, 일

---

6 존 베이넌, 「남성성과 문화」, 임인숙 · 김미영 옮김. 고려대학교출판부, 2011, 25p

이나 경력을 제공함으로써 남성성의 중심을 차지하고 있는 점을 생각한다면 이러한 변화들은 실로 거대한 충격을 낳고 있다.

1960년대 이후의 페미니즘 운동의 전개와 산업 전반의 변화는 여성의 인권 향상과 남성성의 위기로 다가왔다. [7]

남성성에 관한 전통적 의식은 이미 사라졌다.

여성 상위 시대를 외칠 정도로 이미 여성의 시대가 도래되었다. 다만 남성성의 위기와 그로 말미암아 주변적 남성성으로 인한 계급적 문화 내지는 삶의 형태는 그 근본 배경에는 경제활동과 지표로 얘기할 수 있다. 바야흐로 금전의 시대다.

성별 우위를 다스리고 있다고 봐야 한다. 시대적 4차 산업혁명과 더불어 더욱더 실업자가 양성될 것이고 남성의 권위적인 성 역할은 추락할 것이다. 남성의 정체성을 잃어버린 남성의 영역에서 퇴출당하는 비극적인 날이 오지 않으리라는 법은 없다. 적어도 주변적 남성들에게는 더욱 그러하다.

이제 국제화 시대에 통합된 구글의 뉴스가 실시간으로 공급되는 시대를 살아가는 우리에게는 다양성에 관한 시각이 보편화하여 있고 또한 이러한 문화나 관습에 대한 왜곡된 사고나 직관으로는 이 시대를 소화하지 못하는 삶의 형태로 진행되고 있다.

---

7 앞쪽, 165p

헤게모니적 남성에서 벗어나는 주변적 남성성

이미 나라라는 독립된 정신이 하나둘씩 사라져가고 있고 통일된 사고관으로 맞추어 가고 있다. 빛의 속도로 발전되어 가고 있는 이 시대에 우리의 문화적 알고리즘은 오히려 늦추어 가는 느낌 마저 든다.

가상의 현실이라는 급변하는 산업혁명의 시대를 맞아 우리의 의식과 통찰의 시각은 항상 앞서 있어야 함에도 과거에 머물러 있는 고전적 학문이나 원전에 머무는 시선이 때로는 우리를 멈추게 한다는 느낌도 든다.

특별한 감정(분노)

　감정이라는 매개체가 우리 삶에 어떤 영향을 미치는지 가까이에서 들여다보는 계기를 마련할 수 있어서 좋다. 감정은 누구나 사람이면 소소한 사건이나 일을 통해 부딪히게 되는 정서적 표현이다. 감정에는 좋은 감정이 있는가 하면 나쁜 감정도 찾아온다.

　사람 관계 속에서 어떤 일이 벌어지고 그 결과로 감정이 표출되거나 내적으로 쌓이게 된다. 그 감정은 여러 가지 요소로 인체에 영향을 미치고 정신적 지배로 인한 몸을 지배하기도 한다. 개인적으로 감정은 환경에 지대한 영향을 받는다고 생각한다. 파란색 환경에서 자란 사람은 파란색의 정서적 감정이 많이 쌓이고 빨간색 환경에서 자란 사람은 빨간색 감정으로 포장될 확률이 높다. 그러므로 내재된 감정의 유형은 환경의 지배적인 습관이나 관습으로 응축될 소지가 크다. 주위에 일어나는 사건 사고 속에 감정을 다스리지 못한 결과가 빚는 사례는 차고 넘친다. 위험한 감정 중에는 분노, 선망, 질투와 같은 요소들이 있지만, 이번 주제로 삼고 싶은 내용은 '분노'다.

"바비는 사람보다 낫다."

그날따라 날씨는 더욱 쾌청했고 살랑거리는 가을 낮의 실바람은 피부를 문지르며 간지럽히고 있었다. 김 씨는 그날도 어김없이 감색 와이셔츠에 넥타이를 매고 출근길에 나섰다.

택시업을 한지도 어언 30년이 넘어가고 있었다. 아이 둘을 무탈하게 대학을 보냈고 지금은 큰놈은 시설공단에 취직하여 좋은 보직이라 편하게 생활하고 있었고, 둘째 놈은 기술자로 대우조선에 근무하느라 거제도에 살고 있었다. 워낙 조선 경기가 안 좋아 거제도 호황 시절이 그리울 때가 많았다.

그날도 늘 그래왔던 것처럼 운전석에 앉자마자 조용히 눈을 감고 한 일 분간 기도했다. 오늘 하루도 무사히 돌아올 수 있게 해달라고 하나님께 기도를 올렸다. 김 씨는 모태신앙으로 여태껏 마음속으로 그분을 모시고 성실히 살아왔다. 이내 차 시동 소리가 들려왔고 약간 경사진 곳에 살고 있던 터라 조신이 내려왔다. 오늘도 누굴 만나게 되는지는 아무도 모르는 일이었다. 운수업 그야말로 운이 따라줘야 하루가 편하게 진행되고 수입도 좀 챙겨가는 일이었다. 다는 아니지만, 개중에 진상을 만나면 때론 분노 조절이 되지 않아 힘겨울 때가 한두 번이 아니었다. 곳곳에 몰래카메라를 설치해두고 호시탐탐 얇은 주머니를 노리는 탓에 늘 긴장의 연속이었다. 만일 스티커

한 장이 날아오는 날이면 어깨가 축 처지면서 긴 한숨을 내쉬는 적이 한두 번이 아녔다.

그래, 나라에서 돈이 없는 것 같다며 애써 애국 지론을 읊으며 자신을 위로하기도 했다.

70대로 보이는 할아버지가 두 손에 시장을 본 듯한 꾸러미를 들고 택시를 잡아탔다.

"손님 어디로 모실까요?"

"문현동 산동네로 갑시다."

"자세한 것은 그쪽으로 이동하면서 말씀드리겠습니다."

오전 이른 시간이었는데 벌써 술이 거나하게 취해 있어, 얼굴에는 홍조 빛깔이 선명했다.

그의 눈빛은 외로움에 묻어나는 황혼 들녘을 바라보는 듯이 쓸쓸히 깜박거리고 있었다. 택시는 곧장 그가 원하는 장소 쪽으로 가까이 갔다.

"이쪽으로 좀 올라가시죠."

손님은 비장한 얼굴로 목적지를 손가락으로 가리켰다. 그쪽은 재개발이 결정되어 일부 건축물은 비어 있어 썰렁한 기운마저 감돌았다.

몇몇 알 배기 집들은 건설사를 상대로 거액을 요구하며 천 년을 살듯이 저항하고 있었다. 또한, 군데군데 아직 거처를 못 정한 집들이 을씨년스럽게 널브러져 있었다. 제법 꼭대기로 올라가고 있었다. 거의 정상에 다 왔을 무렵 할아버지는 소변이 마렵든지 잠시 내리겠다고 하며 후미진 곳을 찾아볼 일을 아무도 모르게 봤다. 그리고 담배 한 대를 꺼내 물고 눈가에 이슬이 맺히면서 "바비야!" 소리쳐 불렀다.

"어디에 있니? 할애비가 왔다."
"숨지 말고 빨리 나오거라!" 연이어 실성한 사람처럼 고함을 질러 댔다.

처음에는 어리둥절해 이 상황이 무슨 상황인지 알 수 없었으나, 곧 그 이유를 알게 되었다. 할아버지가 소리를 질러 부르던 그 자리에서 애완견 바비가 그만 교통사고로 죽었다는 얘기였다. 이곳에 오면 금방이라도 달려와 자신의 품에 안길 것 같아, 그 그리움이 사무쳐 한 달에 두 번 정도 이곳을 둘러봐야 그래도 마음이 놓인다고 했다. 택시 값은 술, 안줏값도 안 되느니, 오히려 이곳에 와서 그놈의 이름을 맘껏 불러야 속이 시원해진다고 했다.

한참을 그러다 말고 다시 택시를 타고 왔던 길로 돌아가자고 했다. 바비의 회한을 가슴 속 응어리를 하나씩 풀어내며 이야기를 이어갔다.

눈가에는 눈물이 이내 글썽거리며 바비는 말은 못 하지만, 사람보다 낫다고 연거푸 얘길 하셨다. 자신이 일 갔다 오면 헐레벌떡 달려와서 헛바닥으로 온 얼굴을 문지르고 꼬리를 흔들고 온갖 애교와 사랑을 다 주었던 바비는 세상 그 어떤 것보다 소중한 보배였다.

할아버지의 독백은 계속되었다.

"사람보다 백배 낫다!" 하며 연신 중얼거렸다.

아내는 일찍 위암으로 고생하다 세상을 하직했다.

홀로 남게 된 할아버지는 그래도 상수도 배관 기술이 남들보다 워낙 뛰어나서 여기저기서 불러 꽤 돈벌이는 잘하고 있었다. 나면서 심성이 고운 할아버지는 남의 부탁에 쉽게 거절하는 냉정한 성격의 소유자가 못 되었다. 그의 친구 정 씨가 찾아와서 일주일만 돈을 돌려주면 이자를 후하게 처주겠노라고 설레발을 쳤고, 그의 아내까지 와서 눈을 홀리며 흔드는 바람에 조금 모아둔 비자금을 빌려주었지만, 일주일이 지나고 행방불명이 되었다.

집을 찾아가 보니 이미 야반도주한 터라 닭 쫓는 개 신세가 되었다.

그뿐만 아니라 돈이 조금 모일 만하면 어디서 소문을 듣고 왔는지 할아버지 금고를 남김없이 털어갔다. 아내가 생명보험에 가입되어 거액의 보험금이 나왔다는 소식을 들은 큰아들이 며느리와 동행하여 찾아와 아버지 이제 나이도 많으신데 일 그만하시고 저희가 이제 편히 모시겠습니다. 하며 같이 살자고 꼬드겼다. 아내의 빈 자리가 외로움과 그리움이라 할아버지는 그리하자며 흔쾌히 수락했다. 아들놈은 이내 본색을 드러내며 아버지 이참에 좀 넓은 곳으로 이사해야 한다며 보험금으로 전망 좋은 아파트를 분양해 보자며 꼬드겼고 며느리도 여우웃음을 치며 "아버님 잘 모실게요." 하며 팔을 붙들고 늘어졌다.

심약한 할아버지는 또 이렇게 노후 자금인 보험금을 아들에게 헌납하고 만 것이다.

아파트로 이사는 했지만 늘 허전한 건 변함이 없어 우울증이 올 것 같아 고민하던 차에 지인을 통해 바비를 데려와 키웠다. 한평생 돌아보니 사람에게서 얻은 것은 배신감밖에 없다는 생각에 걷잡을 수 없는 분노가 자신도 모르게 밀려왔다.

아들놈도 명의가 자신의 이름으로 확증되는 순간 그렇게 꼬리 치며 아양을 떨던 모습은 어디로 사라지고, 서서히 냉대하는 모습으로 변모해갔다. 그러한 이슬 맞은 인생살이 고달팠지만, 유일한 애정의 낙, 바비의 사고는 한 인간의 감정 무엇 하나 시원한 게 없는, 다 가져가 버린 운명에 대한 애환이 그날도 구멍 숭숭하게 출렁이고 있었다.

"손님 다 왔습니다."

또 한잔하러 가야겠다며 차 문을 나서는 할아버지의 흐드러진 머리카락을 보며 김 씨는 왠지 그날따라 운전을 그만하고 대폿집으로 향하게 했다. 아주머니 여기 소주 한 병 주시고 파전도 하나 주세요. 수많은 질곡 많은 인생이 타고 내리고 타고 내리고, 바비가 사람보다 낫다는 분노에 찬 서러운 눈동자가 자꾸만 밟혀 김 씨는 자꾸 소주잔을 만지고 있었다.

사람들은 분노를 느낄 때 자신이 외롭다고 느낄 수도 있고, 자신에게 만족할 수도 있다. 마치 모욕을 당하고, 무력해 하고, 우울해하기보다는 화를 내는 게 더 좋다고 혼잣말하는 듯하다. 우리는 모욕을 당했을 때 상처받는 에고가 복구될 수 있도록 그 모욕에 보복하려는 내장된 충동을 하고 있다. 이것이 생물적 존재의 구성 방식이다.

분노의 표현이 인간관계에 독이 된다면 그것은 장기적으로 중대한 대가를 요구할 수도 있는 그리고 이런 피해가 지속적인 스트레스를 주어 병을 일으키기도 한다. [8]

분노의 표현을 억제하는 것이 곧 하나의 감정 상태인 분노 자제를 제거하는 것은 아니라 화는 자극이 계속되는 한 설사 감추어진 형태라 해도 그대로 살아있기 마련이다.

분노를 비롯한 모든 감정에서 중심적인 것은 사건들이 부여되는 개인적 의미다.

이 개인적 의미가 어떤 감성을 느낄 것인가? 그리고 그 감정에 얼마나 잘 대처할 것인가를 결정한다. 분노의 경우 그것이 통제되느냐 증가하느냐 하는 것은 그것을 경험하는 개인에게 달려있다. [9]

혼사로 얘기를 나눌 때 양가 어른들이나 그들의 환경을 보는 이유도 감정의 퇴적 성을 보기 위하면 일수도 있다. 가령 부모의 이혼이라는 환경 속의 자란 아이, 도박하는 아버지를 둔 아들 기타 부모의 양육과정에서 일어났던 충격적 사건들이 본의 아니게 아이의 감정이라는 정서 속에 축적되어있고 정작 혼인할 상대에게 영향을 미쳐 결혼의 인내 다리를 서로 건너지 못하고 파멸할 우려가 있다는 사

---

8 리처드 래저러스 · 비니스 래저러스, 『감정과 이성』, 정영목 옮김, 문예출판사, 2018, 37p
9 앞쪽, 48p

실이다. 그래서 그럴까? 부모들은 그 집안 환경을 예의 주시하며 현미경을 들이댄다. 반대로 후덕한 환경에서 자란 아이들은 전자보다 훨씬 감정이라는 위험도에서 수치를 낮게 평가하는 이득을 누릴 수 있다.

우리는 저마다 감정의 사전을 갖고 있다는 예를 들면서 감자 칩 봉지에 손을 넣었는데 방금 먹은 것이 마지막이었다는 것을 깨달은 순간의 느낌을 상상해보라. 당신은 봉지가 비웠다는 실망감, 이제는 열량을 섭취하지 않아도 된다는 안도감, 한 봉지를 다 먹어 버렸다는 약간의 죄책감 그래도 더 먹고 싶은 갈망을 느낀다. 방금 나는 감정의 개념을 하나 발명한 셈인데 아쉽게도 이것을 가리키는 영어 단어는 없다. 그러나 당신은 이 복잡한 느낌에 대한 나의 장황한 기술을 읽으면서 바삭거리는 봉지와 바닥에 조금 남은 칙칙한 부스러기까지 시뮬레이션했을 가능성이 크다.

당신도 이 감정을 이것에 대한 단어 없이도 경험한 셈이다.

뇌는 당신이 이미 알고 있는 봉지, 칩, 실망감, 안도감, 죄책감, 갈망 같은 개념을 조합함으로써 감정의 위업을 달성했다. 당신은 칩과 관련된 이 새로운 감정 범주의 사례를 시뮬레이션 한 셈이다. [10]

감정 사전이란 사람마다 개개인이 다르게 편집될 수밖에 없는 것은 종전에 서술했다시피 환경이 다르기 때문일 수 있고 또 하나는 경험적인 사례다.

---

10 리사 펠드먼 배럿, 『감정은 어떻게 만들어지는가?』, 최호영 옮김, 생각연구소, 2017, 267p

내가 무엇을 경험하고 느끼는가에 따라 감정의 깊이가 달라진다. 공부 과정에서 책을 보거나 사물을 관찰할 때 반드시 질문하는 과정이 있다.

이 사례에서 본인이 느끼는 게 무엇이고 감정의 상태는 어떤 것인지 반드시 점검한다.

왜냐하면, 감정 속에는 여러 가지 사유해야 할 행복한 요소들이 많이 들어있다는 사실이다. 특히 감정을 유발하는 동기 즉 말에서 천 냥 빚을 갚는다는 얘기가 있듯이 잘못된 말 한마디가 살인을 부르는 원인이 될 수도 있고 천 냥 빚을 갚는 계기가 되기도 하기 때문이다.

사람의 마음은 조석으로 변화하듯이 감정의 흐름도 시시때때로 변모한다.

성경에 보면 이런 이야기가 있다. 형제와 다투었다면 해지기 전에 서로 화해해야 한다는 이야기가 있다. 종전에 언급했던 것처럼 하루가 지나도록 서로의 감정에 관한 풀림이 없다면 그것은 없어지는 게 아니라, 마음 한구석에 쌓여 그 영향으로 정신적으로 문제가 생기는 원인을 제공하고 스트레스가 가중되어 몸의 이상 징후까지 발전하게 되는 것이다. 감정 특히 나쁜 감정은 쌓이면 독이 된다는 사실을 인지하고 자신의 마음을 늘 살필 일이다.

또한, 성경 이야기에는 감정으로 인한 사건 이야기가 곧잘 등장한다. 아담과 이브는 하나님께서 창조하셨지만, 인간이 처음 만든 사람 1호가 살인자라는 이야기이다.

큰형이 가인이고 동생이 아벨이다. 내용은 그렇다. 형의 제사는 받지 않으시고 동생의 제사만 받으시는데 격분한 가인은 들판에서 동생을 살해하는 장면이 나온다.

　실로 끔찍한 사건의 주인공이 사람 1호라는 장면에서 소름이 돋는다. 질투, 시기심으로 인한 분노의 폭발이 가져온 사람을 죽이는 이런 사악한 행동으로 점화되었다는 사실이 경악스럽기까지 하다. 이러한 사례는 현실을 살아가는 우리 주위에도 끊임없이 생산되고 두려움으로 다가오고 있다. 감정의 재발견을 통해 자신을 성찰해보는 귀한 시간이었으면 좋겠다.

돈

위대한
맘몬신

담을 넘어가는
구렁이와 입맞춤,
돌아선 그의 혓바닥에 불이 났다.

수위가 높아진
잠수교,
불꽃놀이가 한창이다.

넘어버린 월화,

별들의
앞치마가 까맣다.

〈시평〉

　소유냐 존재냐 시작해보자. 우리 시각에서 유혹되고 만져지고, 느
껴지는 현실적 파노라마에서 돈이 가지는 힘은 막강하다 못해, 신으
로 강림하는지도 오래다. 인간의 욕망 속에 스멀스멀 기어 다니고,
때론 훨훨 날아다니는 그 무엇의 정체는 만족감, 우월감, 성취감, 총

체적 욕망을 다스리는 꼭짓점에 돈이라는 괴물이 모자도 벗지 않은 채 삐딱하게 앉아 있다.

그 앞을 지나는 모든 이들이 큰절하며 그의 무지막지한 포악성에 움찔대며, 입 한번 뻥긋함 없이 다들 예, 아~ 예, 이다.

그의 아버지, 어머니는 거의 40도가 오르내리는 비닐하우스에서 고추도 따고, 토마토도 딴다. 땀이 온 전신을 적시고 먼지 범벅이 된다. 성실하게 거짓 없이 일했다. 궁상맞게 못 살지도 않았지만, 그렇다고 번쩍번쩍 화려하지도 않았다.

그의 할아버지도 그렇게 사셨고, 증조…. 다들….

어느 날, 돈이라는 괴물이 담장 넘어 야사시한 치마를 입고 유혹의 윙크를 해왔다.

너무 매혹적이어서 그랬을까? 그만, 뱀의 혓바닥을 삼키기 시작했고, 어젯밤 마신 발렌타인 때문인지, 키 비밀번호를 잃어버렸다. 마른하늘에 장대 같은 비가 내렸다. 잠수교 수위가 높아져 통행할 때가 아니라고 경고의 호각을 밤새껏 불렀음에도, 차바퀴는 잠수교를 거침없이 지나고 있었다. 어쩔 텐가, 경계선을 넘어버린 순간, 괴물의 정령이 월화의 영혼을 훔쳐 갔다. 월화가 비틀대며 꽃잎을 뚝뚝 잃어가는 어느 해진 저녁 날에 논밭을 거니는 별들은 앞치마를 두르고 걷고 있었다.

돈…. 검은돈.

경계선을 넘어버린 월화의 얼굴에서 괴물의 문신이 알록달록 발광하며 다가왔다.

산은 산이요,
물은 물이다

2×3=? 무엇일까요

1) 4

2) 6

3) 8

4) 10

맞추는 분들에게는 아파트 한 채와 고급 승용차 한 대를 드림?

공모 결과, 너무 어려운 문제 출제여서 그런지, 대다수 90%가 틀린 오답을 선택하였다.

심사를 맡은 위원들은 어이가 없다는 표정을 지었고, 한편으론 당황하는 기색이 역력했다.

정답은 명백히 2번이었다. 왜 그랬을까? 인생을 뒤돌아보니 대부분 자신이 선택한 부분이 명백한 상황을 알았으면서 미련한 길로 스스로 잘못된 길로 간 까닭이 더 많았다.

고속도로 표지판은 늘 예지했었고, 바른길로 인도하였지만, 시각을 잃어버린 나는 늘 엉뚱 길로 빠져 달려왔다. 왜 그랬을까? 나는 바보다. 참 바보다. 초등학교 1학년 산수문제도 해결 못 하는 헛똑똑이다. 이참에 아무래도 초등학교 등록해서 제대로 한번 배워봐야겠다.

"어시~"
"안 받아주면 어떡하지?"

코스모스(COSMOS)

칼 세이건의 『코스모스』 과학책을 재미나게 읽고 있었다.

우주의 세계를 이해하고 과학적 사고와 시야를 넓히는데, 도움이 되겠다는 생각 끝에 700페이지에 달하는 두꺼운 책과 씨름을 시작하였다.

평소에 호기심이 가는 분야라 그런지 지루하다거나 내키지 않아 그만 읽고 싶다는 안티는 전혀 조성되지 않았다. 지구, 달, 태양 그리고 각종 행성에 대한 기초지식에서부터 그들의 기후조건과 환경적 상황을 소상하게 설명해주고 있었다. 인류의 발달이 가져다준 우주탐사의 결과는 놀라운 연구 실적으로 정해진 시간에 따라 자료와 자료들을 지역별로 전송해주고 있었다. 동화책을 읽다가 깊이 빠진 소년처럼 행성 하나하나에 특성과 상태를 이해하려고 노력했다. 신기하고 재미있었다. 달은 잦은 충돌로 인해 표면이 고르지 못하고 흉터가 많다고 했다. 어느 곳은 얼음덩어리요 다른 곳은 너무 뜨거워 생명이 살 수 없는 조건이었다. 이래저래 독서를 즐기다가 책을 접고 머리도 식힐 겸 텔레비전을 켰다. 무작정 채널을 돌리다가 채널을 고정했다. 막 영화가 시작되었는데 〈투모로우〉다. 이 영화 주제역시 기후에 관한 재난 영화였다. 참 신기했다. 우연치고는 어찌 이리 같은 흐름으로 깨달음을 줄까 하며 한편으론 놀라면서 영화의 흐름을 느끼기에 바빴다.

인류가 당면한 지금의 현 상태는 바이러스와의 전쟁을 치르고 있다. 코로나로 인해 수많은 생명이 목숨을 잃고, 확진자 수가 기하급수처럼 늘어나고 있다. 미국에선 백신 공급이 007작전처럼 육군 대장이 지휘하고 있으며, 병원마다 좀비족의 나신처럼 달려와 음압 병상을 내어놓으라고 아우성이다. 아비규환이 다름없다. 한 번도 경험하지 못한 세상이 급변환하고 있다. 코스모스 속의 화성이나 목성의 행성처럼 지구가 어느 날 변한다면 생존할 사람은 지구상에는 존재하지 않는다. 아무리 지식과 의학이 발달하였다고 자부하는 선진국들도 속수무책이다. 바이러스 전쟁이 끝나고 기후와의 전쟁이 시작된다면 코로나는 아무것도 아니다. 지구 전체가 조용히 사라진다. 하늘에 빛나는 별들이 우리 눈에는 행복의 표상처럼 보일지 몰라도 그속에는 말할 수 없는 탄식이 꿈틀거리고 있음을 우리는 알 재간이 없다.

오로지 신만이 그날 그때를 알 뿐이다.

철학이 교육에 미치는 영향

교육의 목적은 두 갈래로 편성할 수 있다.

외형적인 교육 이것은 현실을 살아가는 데 경제적 도움을 주는 학문 내지는 교육이다.

어떤 자격증을 따서 경제적 실익을 위한 교육이 여기에 속하고, 내적인 교육은 자기실현의 바탕이 되는 앎을 위한 교육이다.

철학을 배우는 이유가 여기에 속한다.

철학은 인간의 근본적인 질문을 통해 자신을 정화하고 영혼의 꽃을 피우게 하는 교육이다.

로봇이라는 기계에 영혼에 관한 교류되는 질문을 할 수는 없다.

사람마다 화분의 특성과 환경이 다르기 때문이다.

인생은 유한하고 안개의 속성을 지니기에 영원에 관한 숙제를 외형적 교육에서 뽑아낼 수가 없다.

철학은 내가 누구이냐는 근본적 질문으로 시작한다.

이 질문의 근거를 상실한 발전은 어쩌면 모래성을 쌓은 일회성 교육에 지나지 않는다.

하여 논문의 방향은 사람의 출발인 철학의 물음에서 시작하여 이러한 시도가 영혼의 꽃을 만드는 화분을 완성하리라는 기대에 논문의 뚜껑을 열고 싶은 열망에 본 주제와 관련한 철학적 담론을 모으고, 사람의 영혼에 미치는 연구 방법 모색과 실험을 통해 본 연구의 목적을 달성하고자 한다.

슬픈 현장

고통의 원인은 쾌락이 뿌려놓은 씨앗이다. 인류의 불행은 변증학적 변론을 거쳐 결론을 지은 것은 탐욕이 바탕이 된 인간들의 쾌락이 가져다준 죄의 대가가 고통이다.

쾌락은 반드시 고통을 가져다주는 붉은 점의 기호입니다.

살아있으나 중증 환자가 되어 이미 시체와 같은 사람들이 그 고통의 지옥에서 몸부림친다.

"아저씨 오늘 소주 몇 병드셨나요?"
"10병. 예?"

"제가 왜 소주를 그것도 안주 없이 먹는지 아세요?"

"이걸 안 먹으면 오른손이 발발발 떨려와요. 쪽팔려 다닐 수가 없어요."

"정신병원도 두 번이나 갔다 왔어요."

"사실은 제가 뽕 중독자거든요, 이걸 안 먹으려 몸부림치다 이 술을 먹는 거예요."

"사자가 독사에게 물려 독 기운이 온몸에 퍼지면, 그 독으로 말미암아 신경계통에 이상이 생기고 드러누워 다리를 떨며 발광하죠. 제가 지금 그 상태입니다."

"뽕이 가져다준 쾌락 그 결과는 나를 발버둥 치는 병든 사자로 만들어놨습니다."

멀쩡히 살아있는 것 같으나, 속은 썩은 좀비처럼 살아가는 사람들이 우글거리는 이곳은 참으로 슬픈 현장입니다.

0과 1이 다투는 현장에서

그때는 내가 1인 줄 알았다. 세상이 모두 0처럼 보였다.

나의 행동 말하는 것이 1인 줄 알고 우습게 살아왔다. 나이가 들어 어느 날 돌아보니 내가 0이 되어 있었다.

얼굴이 화끈거려 근처 무성한 나무 뒤편으로 숨었다. 혹여 그분의 음성이 들릴까 봐 노심초사하게 되었다. 무슨 변명이 언뜻 떠오르지 않아 곤혹스럽기 마찬가지였다.

벌거숭이 임금님이 나의 모습이었다. 훤히 들여다보이는 0을 들고 돌아다녔으니, 참으로 딱한 노릇이었다. 늦을 때가 빠른 거라는 얼간이의 위로를 들으며 벗어둔 내복을 입기 시작했다. 통통거리는 돛단 배를 타고 바다 저편으로 달려갔다. 바람이 불어와 앞머리를 엉클어 뜨리고 지나갔다. 0이었다. 모든 게 한순간이었고, 0이었다.

0을 가슴에 아니 돋보기 위에 걸쳐두고 사물을 보기 시작했다. 서서히 악마의 먹이가 부패하며 사라져가기 시작했다.

자네 몇 살까지 살 건대? 한겹 한겹 풀어보니 모두가 0이었다. 바람이 전하는 말도 0이었고, 킬리만자로에 설빙 위에서 표범이 한 말도 그냥 0이었다. 대단한 것도 대단한 일도 없는 그 속에 결국이 0이 되는 0의 그늘…. 저기 달려가는 다람쥐의 숨겨둔 도토리의 허기진 이마도 0이었다.

전도서를 펼쳐 들고 세상에 1이 존재하지 않는 이유를 물어보았다.

멜랑콜리

멜랑콜리, 검은 담즙

아리스토텔레스의 탁월한 직관, 모든 위대한 사람은 멜랑콜리하다.

예술가들의 기질 속에 분노스러운 열광 내지는 폭발하는 에너지를 소유하고 있고 이러한 비이성적인 행위가 멜랑콜리와 연관성을 가지며 이러한 요소들이 아이러니하게도 예술적 천재성에 깊이 연관되어 있다는 역설적인 모습을 우리는 보게 된다.

예술가의 대부분이 이러한 멜랑콜리의 범주 속에 고통받고 있으며, 그러한 고통 속에 작품의 걸작을 탄생시킨다는 것이다.

뭉크의 절규도 놀라고, 두려운 형상 온 하늘과 들녘이 핏빛으로 전도되는 멜랑콜리한 검은 담즙들을 화면에 뿌려 놓았다.

구토 현상에서 온전치 못한 장소에 접한 작가의 구도적인 행위도 멜랑콜리와 연관되어 있다는 사실이다.

인생이 비극이라는 큰 바다를 건너는 과정을 예술가들은 누구보다도 잘 알고 체험하여 작품 속에 우려낸다.

멜랑콜리에 묶이어 잿빛 하늘 아래 살아간다고 한들 신의 은총을 잃어버린 시선은 검은 담즙에 취해 필라델피아의 뒷골목에 흐느적거리는 유토피아의 암울한 히피족에 불과하다.

플라톤이 애기하듯이 기하학 도형을 이해하지 않고서는, 이곳에 들어오지 말라는 경고문을 슬프게도 바라본다.

멜랑콜리여 그대는 누구인가? 어떤 정령이기에 나를 검게 물들게 하는가?

어느 산모의 흡연기

태산을 안고 있는 산모가 뒷짐에 손등을 바치고 허연 괴로움을 풀어낸다.

바삭바삭 연잎들이 충돌하며 입안으로 들어가 폐 깊숙이 안착한다.

자궁에 똬리를 튼 아기가 비틀거리며 목놓아 운다. 남산만 한 둥지를 배 위어 짖고 쫄깃쫄깃 담배 연기를 빨며 뱉어낸다.

산모가 어쩌다가 아기에게 자해를 아무 거리낌 없이 하는지 알 수 없으나, 자꾸만 하얀 연기가 억울한 하늘로 도망간다.

우리는 흔치 않은 장면에 놀라 헛기침하고 뒤에 경철이는 이런 모습은 자기가 나고 처음 보는 광경이라 혀를 찼다.

따가운 햇볕이 내리쬐는 오후 해맑은 시각 제네시스 차 옆에서 만행을 저지르던 산모가 종전 담배는 벌써 다 피우고, 줄담배를 피우기 위해 그의 오른 손아귀에는 하얀 담배 가치가 조용히 감혀 있었다.

연이은 불상사가 시작되기 일 초 전이다.

차는 미끄러져 내려갔고, 마지막 컷에 머문 그녀와 담배와의 연정은 계속되며 아기의 울음소리가 먼 이곳까지 달려와 내 앞에서 칭얼거렸다.

"확! 저걸, 한 대 지 박아 줘!"

딸기와 미키의 죽음

사람들은 반려견을 왜 키울까?

그건 사람에게서 받은 상처를 위로받기 위해서이다. 반려견이 1,000만 시대가 보여주는 위력은 대단하다. 그 어떤 사람도 해줄 수 없는 특별서비스를 이들은 해준다.

엄마가 울고 있으면 달려와 혓바닥으로 눈물 자국을 닦아준다.

그 앞에 살포시 앉아 까만 눈동자를 굴리며 고개를 좌우로 흔들며 애교를 부린다.

지친 몸을 이끌고 집으로 돌아왔을 때, 꼬리 치며 좋아해 주는 이는 딸기와 미키뿐이다.

딸기는 미키의 엄마다. 그는 선천성 심장병으로 열흘 전 숨을 거두었다.

기장화장터에서 육신의 제의를 드렸다. 고운 가루를 들고 얼마나 울었던가?

벌레가 생기니 빨리 처리하라는 친구의 말을 무시한 채 딸기를 데리고 온 고운 상자는 침대 머리 왼쪽에 보관해두었다.

정이란 게 무섭다. 간이 녹아드는 그리움을 서럽게 반기는 내홍. 나의 반려견.

미키의 숨소리가 심상치 않아 24시 운영하는 동물병원 센터로 달려간 게 새벽 1시 반쯤이었다. 콜록대는 거친 숨소리가 가슴 깊게 파고들었다.

긴급을 요구하는 수술이 필요하다는 의사의 말을 듣고 수술에 들어갔다.

미키가 수의사의 손에 이끌려, 수술실로 옮겨질 때 미키의 까만 눈동자에서 눈물이 흘러나왔다.

한 번도 본 적이 없는 그의 울음 앞에 가슴이 철렁 내려앉았다.

은유로서의 질병 (짧은 단상)

질병을 은유로 표현하는 방식에 대한 가령 '암은 은유적으로 내면의 야만성'이라는 수잔 손택이 바라본 시각에 일면 동의하지만, 전적으로 동감하기에는 그러하다. 질병이 가지는 이유 즉 질병이 다가와 내 몸에 버섯처럼 자라면서 여러 부위를 파괴하거나 훼손하는 결과로서의 질병, 그로 인해 파생되는 그것이 은유와의 이미지로 표상된다는 그의 논리에 전적으로 동의하는 데는 선뜻 내키지 않는다. 질병이 외적으로 나타나 드러난 바닷가에 바위섬처럼 융기된 일부분이라 생각하고, 깊게 들여다보면 여러 가지 정신적 요인으로 질병이 전이되는 경우가 더 깊고 많기 때문이다. 은유의 세계가 질병의 외적인 표상만으로 접근하기엔 좁다는 생각이 든다. 좀 더 포괄적 개념으로서의 은유, 질병을 넘어선 은유의 실질적 신세계가 똬리를 틀고 엄연히 존재한다고 본다. 단지 수전 손택의 은유로서의 질병은 하나의 일부분 적 개인의 분열화한 시각임을 인지하는 데 그치고 싶다. 수잔 손택이 말하는 '비록 우리가 은유 없이 살아갈 수 없다는 사실을 잘 알고 있지만, 신중히 처리해야 한다.'는 은유에 대한 과용설을 경계하고 있다. 하지만 남용된 은유의 쓰임도 문제지만, 절제된 은유의 깊이를 심오하게 헤아리며 통찰하는 것도, 문학인으로서 미학적인 은유를 점검하는 좋은 성찰의 기회가 될지도 모르겠다.

음치가 왕이 될 때 겪는
병리적 현상

바보들의 천국에서는 음치들의 행진이 기본이 되는 나라다. 그들
의 학습 구조를 보면 특이하다. '솔'을 피아노로 열 번 치더라도 그 음
이 '도'라고 우기는 신기한 나라다.

동방 어느 나라에 음치의 극명함을 보여 주는 임금이 있었다. 백성
들이 전하 아니 되옵니다.

'도'가 아니고 '솔'이옵니다. 수천 번 노랠 불러도 임금은 마이동풍
이었다. 어느 날 주치의가 다녀갔다. 밤새 귀가 아파 "또르르" 뒹굴다
가 급히 불렀던 것이었다. 황급히 달려와 지존의 귀를 보니 발갛게
부어 있었다. 외관상 살펴보니 의사 생활 40년 한 주치의도 이러한
사례는 처음이라 고갤 절레절레 흔들었다. 왜 소리를 낼 때 '솔' 음을
내지 못할까? 다시 한번 혓바닥을 들여다보며 성대 조사를 세밀히
하였지만, 여전히 음치 기준에서 벗어날 수 없었다.

사실 저 병은 '솔' 음을 내어야, 고쳐지는 희귀한 병이었다. 오로지
'도'밖에 모르는 음치 나라 임금이 가장 싫어하는 음이 '솔' 음이었다.
사실 임금이 어릴 적 가정사를 살펴보는 도중, 신기한 사실을 발견했
다. 게임을 하더라도 거꾸로 가는 게임을 하고, 무슨 일이든지 청개
구리의 개골개골 가를 집안에 가훈 가로 부를 만큼, 지배적으로 다져

온 사랑의 노래였다. 저 병을 어떻게 고칠까, 늘 거꾸로 병에 대한 환상에서 벗어날 수 없을까, 노심초사해봤지만, 소용이 없었다. 음치 나라에 애국가는 청개구리 바람에 난다였고, 운동회 달리는 시합의 최고점수 또한 거꾸로 달리기였다. 어찌어찌 행운의 촛불을 오백 원에 한 다발 사서, 졸지에 임금이 되었다. 이를 어째, 병을 완치 못한 임금이 들어서자마자 모든 나라 경제 가는 방향이 거꾸로였다. 희한한 '도' 음이 판치는 음치 나라에 지나가는 뻐꾸기만, "뻐꾹뻐국" 하면서 '솔' 음으로 지저귀고 있었다.

국가

소크라테스 제자 플라톤의 담론은 우리가 성찰하는 삶이 얼마나 가치 있는 일인지 증명해주고 있다. 논제에 대한 의심과 지적 논쟁으로 인한 진리를 향한 불타는 욕구를 가르쳐 주고 있다.

정의란 무엇인가?

정의가 실현되는 사회는 이상적인 사회이며 만인이 문명화된 원리에 따라 교육받고 소피스트가 나라를 다스리는 사회를 말한다.

플라톤이 말하는 국가의 이상적인 모델을 뒤집어 찾아보면 신의 인간 창조에 대한 절차상 모순이 지적되는 곳이 한두 군데가 아니다.

신화적 주제로 도마 위에 올려놓았을 때 철학적 변증법 논쟁의 발화점이 되기에 조금도 부족함이 없는 소재다.

플라톤의 시각으로 바라본 인간 창조가 정의라는 관점에서 변증되어야 할 것들이 너무 많아 보인다.

인간의 구성적 요소로 육과 영혼으로 구분한다면 육의 성질과 영의 성질은 서로 반대 방향의 함의를 지닌다. 하나님은 영이시고 인간은 육의 본능적 자취에 더욱 민감하게 만들어져 있다. 여기서 생각의 다름이 분명하게 나타나고 하나님의 정의와 인간의 정의 사이에 본질적 상이가 발견된다. 영과 육의 주도권 전쟁의 싸움은 역사가 수없이 바뀌어도 변증의 발전이 없다.

　정의의 변증은 꼬리만 남겨놓은 채 괴물로 변해 버렸다. 소피스트가 다스리는 정의로운 사회는 지구상엔 이미 존재하지 않는다. 플라톤이 살아 돌아와 이곳에 풍경을 본다면 뭐라 말할까?
　본인이 시인이었음에도 예술과 문학은 진리와 아름다움의 탐구에 걸림돌이 된다며 국가에서 추방되어야만 한다고 주장했다. 참을 향한 플라톤의 열정에 박수를 보낸다.

　신화적 인간 창조의 변증법적 탐구는 플라톤의 국가 속에 정의롭지 못한 한편의 에피소드에 불과할 수 있다.

플라톤과 아리스토텔레스의 예술관

미메시스 개념은 외관을 모사하는 것, 우리가 보는 것을 모방함으로써 그림과 조각을 만들어낸다. 예술적 개념으로 자연을 모방함으로 이루어가는 내용이다. 플라톤의 경우에는 예술가의 창작물이란 진리에서 떨어진 개념으로 부정적 의미로 예술창작의 내면을 해석했다.

자연을 모방하는, 세계의 사물을 복사하는 사본의 복사를 의미함으로써 해석하였다.

아리스토텔레스는 긍정적 의미로 받아들였으며 인간의 기본적 본능 보편 자의 표상으로 보았다. 자연 요소를 창조의 기본으로 삼았으며 예술창조의 개념으로 보았다.

동굴의 비유는 현실의 세계에 사는 현대인의 모습을 상징하고 있다. 어두운 동굴 속에 살고 있고, 등을 입구로 향해서 얼굴을 밝은 쪽으로 볼 수 없는 쇠고랑에 연결된 죄인의 모습으로 그려져 있다. 현대인은 동굴 밖의 모습을 전혀 볼 수 없어 그들의 인공적인 제작물들의 그림자 이외의 다른 것을 진짜라 생각하는 일은 절대 없다고 강조하고 있다.

동굴 속의 그림자를 마치 진리인 양 착각하면서 살아간다. 이것은 동굴 안을 의미하는 현실의 감각적인 세계가 그림자 즉 가상에 불과하다는 의미를 지닌다. 따라서 진실의 세계는 현실적인 감각의 세계 혹은 그림자의 세계에서는 존재하지 않고 동굴 밖의 그 어떤 세계 플라톤이 의하면 이데아 세계에서만 존재한다. 소설은 허구를 바탕으로 그려진 예술 작품이다. 소설의 이야기를 실제 있는 진실이라고 강변한다면 플라톤은 슬퍼질 것이다.

두더지처럼 동굴 깊숙이 들어가 봐야 그곳에는 빛이 존재하지 않는다는 사실을 사람들은 착각하며 쇠고랑이 의미하는 체결된 구속의 나날을 보내고 있다.

4부

지성에서 영성으로

유럽에서 성령이 사라지다

　유럽에서 교회가 사라지고 있다. 화려하고 웅장한 겉모습의 자태와 달리 안은 텅 비었고 사람들의 자취가 사라졌다. 중세 시대 그렇게 위세를 던지던 정교회가 안개처럼 소실되어 갔다. 더러는 매각되어 나이트클럽으로 운영되기도 하고 술집으로 바뀌기도 하였다.

　사람들의 시선은 싸늘하고 당최 관심이 없었다. 그러려니 하고 강 건너 불구경하듯 무심하게 세월의 흐름을 인정하고 애써 시대의 변명을 찾으려 노력한다.

　하나님의 영은 어디로 사라진 걸까? 그 많은 사람 속에 강림했던 성령의 영은 도대체 어디로 갔단 말인가? 살아계셔서 머리털까지 세시는 하나님께서 이 험한 십자가의 강간을 당하는 꼴을 여태껏 지켜보고 계시는 이유는 무엇인가?

　하나님의 영이 떠나간 육체는 어떻게 되는가? 저들 모두 불구덩이로 달려가는 어리석은 자들이 아닌가? 세상에 뭐가 하나님보다 낫다고 판단한 걸까?

　보암직하고 먹음직하고 탐스러운 것이 대체 무엇인가?

영혼의 곳간 열쇠를 팔아버린 유럽인들의 영혼들이 들판에서 불타고 있다.

하나님의 영을 간절히 찾고 사모하는 마음 없이 미아처럼 버려둔 주의 영이 이제는 추위 견디지 못하고 따뜻한 고향으로 철새처럼 날아가지 않았는가?

아! 무섭고 떨리는 현상이다. 촛대를 잃어버린 백성은 망한다. 잠시 왔다가는 영혼의 길을 잃어버린 유럽의 검은 눈들이 발갛게 껌벅거린다.

엄마의 시선 아이에게 있다. 한시도 방심할 수가 없다. 좌충우돌 사라지는 아이의 돌출행동에 더욱 그렇다. 하나님의 영을 잃어버리는 순간 뱃머리에서 떨어져 버린 사람의 모습과도 같다. 찾을 길이 없다. 금방 떨어졌는데도 그의 행방은 어디에도 흔적이 없다.

오!
하나님 주의 영을 거두지 마소서.

변화산의 본질

예수께서 산에서 기도하시고 내려올 때 옷에서 광채가 나고 웅장하고 거룩한 모습에 매료된 베드로는 예수님께 주여! 우리가 이곳 산에서 초막 셋을 짓고 여기서 그냥 삽시다. 이곳은 은혜가 충만한 거룩한 곳이니 내려가지 말고 여기서 삽시다.

그랬다, 그곳은 영적인 거룩한 냄새가 여기저기서 하나님의 냄새가 진동하는 곳이었다. 얼마나 좋아 베드로가 본 그곳은 다름 아닌 천국이었다.

사탄아, 물러가라! 예수님은 베드로의 순결한 본능을 무참히 짓밟는 말로 베드로의 심장에 찬물을 끼얹었다. 너희가 있을 곳은 산이 아니야! 내려가란 말이야 저 산 밑으로 한순간 어리둥절한 베드로는 내심 영이 살아 숨 쉬는 이곳에 살면 하는, 기대와 소망이 무너져 내렸다.

베드로는 생각했다. 하나님은 영이시니 분명히 영이라고 하셨다. 우리는 육과 영이 혼합된 어설픈 그러니까 불완전한 결합체야, 인간의 탐욕과 자만심은 육이 만들어낸 최대의 걸작품이다. 이곳은 육의 나라이다. 본질상 분노의 자식들이다. 영과 육의 경계 선상에 중요한 기준점에 기도가 서 있다. 비록 육에 유혹을 받는다고 하더라도, 우리의 시선은 자나 깨나 영의 나라를 바라보고 영의 말을 하고 그곳에 눈의 시선이 고정되어 있어야 한다. 기도하지 않으면 우리 몸은 얼음 같아서 어느새 녹아 육으로 흘러가 버린다. 기도하는 자의 꿈은 영에 가 있다. 모든 육신의 소욕을 버리고 영으로 달려간다. 그곳에는 온전한 평화와 자유가 나비처럼 너울거리는 순결한 나라이다. 내 몸인 육이 거룩한 영을 덧입고 산다는 건 행운이자 축복이다.

베드로의 양심선언이 질타받은 이유는 구원의 논리 구성이 깨어지기 때문이다. 하나님의 구원 역사라는 그 메커니즘이 다 무너지는 희한한 일이 벌어지므로 예수님은 독사야 물러나라고 화를 낸 것이다. 예수님의 구원이라는 개념은 육에서 건지려는 목표가 명확히 설정되어 있는데, 사람들이 다 산으로 올라와 모두 다 영이 되어버리면 예수의 구원이라는 대명제가 사라지는 꼴이 된다.

육의 바다에서 영의 자녀들을 뽑아내는 작업 그게 구원의 핵심적 역사이다. 복음의 총체적 설명이다. 베드로는 그 깊은 뜻을 모르고 자칫하면 하나님의 구원 시나리오가 파괴되는 발상에 예수님은 그것을 시도한 베드로를 마귀라 칭하였다.

신부와 목사 두 분이 줄다리기했다. 누가 이겼을까? 그 줄은 영으로 만들어진 밧줄이었다.

기도하지 않으면 영의 나라에 소망과 시선이 그곳으로 날마다 순간마다 그 꿈을 묵상하지 않으면 이 육체는 녹기 시작하여 곧장 육의 나라로 가게 된다. 오직 기도만이 나의 영을 살리는 기적의 홍해 앞바다가 되는 것이다.

동정녀 마리아 수태고지 사건

물리학의 대가 아인슈타인이 물리적 이론으로 해석해 볼 때 절대
불가능한 희한한 사건.

2+2가 8이 되고 80이 되는 사건.

두 눈을 감아야 열리는 세계. 아기 예수의 등장 사건. 영의 주도권
을 온전히 장악한 사건.

성경에서는 이를 두고 믿음이라는 거룩한 단어 위에 제를 올렸다.

육의 세계를 살다 간 아인슈타인.

영의 세계를 열고 간 예수님의 탄생.

영과 육의 헤게모니 사건.

어떤 감상

밧세바라 다윗왕의 운명적 사건을 연출한 장본인.

이를 조각한 작가는 어떤 영감을 가지고 이 유혹스러운 조각을 탐미했을까?

남자라면 탐스러운 여체에 힐끔거리는 죄를 수없이 반복하게 하는 장면이다.

하나, 성경 속으로 밧세바의 운명을 탐구하면, 한 인물이 생각나 이 불경스러운 여체를 감상할 수 없다.

이 여인의 남편 우리야라는 충직한 장군의 서러운 눈물을 상상하면 도저히 그럴 순 없다.

적장에 의도된 살인 행위로 찬탈한 반인륜적인 고의적 살인을 한 다윗.

아내가 그랬더라면 그럴 수 있겠냐며 돌을 한 움큼 집어 들게 했을 것이다.

이 사건으로 인해 다윗은 큰 대가를 치른다.

아이러니하게도 이 여인에게서 솔로몬이라는 걸출한 아들을 낳았으니, 역사는 우리가 알지 못하는 이야기로 물결 따라 흐르게 한다.

밧세바는 남편이 전장에서 싸우다가 그냥 죽은 줄 알고, 그 마음을 다윗에게 전적으로 바쳤을 것이다.

이를 때 쓰는 말, 모르는 게 약이라는 말.

우리야는 그렇게 억울한 죽임을 당하고 사랑하는 아내를 빼앗기고 구천을 떠돌다, 이 조각상 앞에 섰을 것이다.

그대여 슬퍼하지 마소서, 그대의 날에 술 한 잔 올리리다.

영의 동화작용

산다는 것은 육의 이야기다.

대부분 사람은 이곳에 온전히 머물며 고뇌의 찬바람 속에 세월을 보내다가 세상을 떠난다.

사람은 육의 존재이지만, 또한, 영혼을 가진 영의 존재이다. 우리가 영으로 생각하고 영의 도우심을 비는 행위가 기도라는 것이다.

육을 생각하는 사람, 영을 생각하는 사람 육의 생각은 순간이요 죽음이지만, 영의 생각은 축복과 영생이다.

성령은 하나님의 선물이다. 내가 만들어내는 것이 아니라 하늘로부터 내려오는 귀한 선물이다.

성령이 임해야 영의 이야기를 해석할 수 있다.

성경에서 들려주는 수많은 이야기의 영적 메커니즘을 감상하는 일들은 너무 재미나는 일이다.

남은 삶, 성경 인물에 대한 영의 이야기를 묵상하려 한다.

세상의 모든 식물이 산소동화 작용으로 살아가듯이 사람 또한 영의 동화작용으로 산다.

주여, 충만한 영의 내면을 알기 원하오니 허락하소서.
육의 양식을 구하기에 앞서 이젠 영의 양식을 순간마다 구하게 하소서.

성경의 넓은 가슴을 이해하고 싶다. 영의 이야기 속에 내 인생의 놀라운 기적들을 두 눈으로 직접 목격하는 가슴 뛰는 축복의 현장을 볼 것이다.

알파와 오메가

그분의 이 말씀은 세상에 모든 것을 관통하고 있다는 대표적인 상징어다.

하나님은 영이시고 우리는 육의 존재 차원의 영역이 다르다. 영으로 세상 만물을 지으시고 좋았더라는 논평을 기쁜 마음으로 내셨다.

메타버스를 타고 영이라는 세계로 날아간다. 성경의 수많은 희귀한 사건들의 배경에는 볼 수 없는 영들의 이야기가 숨겨져 있다. 사울의 눈에서 비늘이 벗겨지는 순간 그는 눈앞에 보이는 영을 해석하는 능력의 소유자로 탈바꿈한다. 육이 영을 해석하는 단계로 접어들었다면 입신의 영역으로 그의 정신세계의 도약을 의미한다. 육은 영이 하는 일을 알지 못한다.

소설의 장면처럼 스토리의 전개상 하나님의 출현이 기다려지는데, 그 무대의 주연은 하나님이시고 조연 장비는 기도다.

한나의 가슴 찢어지는 절규의 기도는 후사할 수 없는 여인의 태를 열어두었다.

영이 스치고 지나간 자리를 육이 그 발자취를 영이 살아 움직이는 그들의 메타버스 세계로 들어가 본다. 기가 막히는 영의 세계가 어떻게 작동하는지 알 수가 없다.

시간이 되면 영의 메타버스 사건을 뽑아 글로 남기고 싶다.

유다와 십자가

　십자가 사건은 인류사나 역사학 측면에서도 대단히 엄중하고도 중대한 사건이다.

　기원 전후를 가르는 분기점이 예수의 십자가 사건이고 그것이 중심에 서 있다.

　여기에 유다라는 인물이 조연으로 등장한다. 우리는 변증법적 논리와 시각으로 바라봐야 하기에 그가 한편으론 불쌍하다. 십자가 사건은 하나님 처지에서 볼 때 반드시 기획하고 있었던 사건이다. 그 일로 인해 인류를 구원하겠다는 야심 찬 프로그램을 하나님은 갖고 계셨다.

　그를 사랑하셨기에 고통을 감내하시고, 기뻐하셨을 것이다. 사랑이란 추운 날 사랑하는 연인을 위해 파카를 벗어 입히는 일이다. 본인은 벌벌 떨면서 자신의 희생으로 여인이 따뜻하고, 행복한 모습을 보면서 더욱 기뻐하는 게 사랑이다. 하나밖에 없는 외아들 예수가 십자가상에서 피눈물을 흘릴 때, 하나님도 우셨을 것이다. 그러나 십자가 사건으로 인류가 구원을 얻을 수 있는 희생의 잔치라면, 기꺼이 파카를 벗어 주는 일을 서슴지 않았을 것이다.

　하면, 유다의 행동 배경에는 사탄 마귀의 생각들이 그로 그런 행동을 하게끔 하였다면, 추론의 외길에서 하나님은 십자가 사건을 기획하면서 마귀들을 이용한 것임이 드러나는 것이다. 하나님은 전지전능하신 분이시기에 그의 목적을 위해서 마귀를 이용하고 유다를 제물로 삼았다. 유다의 거사가 없었더라면, 십자가 사건도 인류를 구원하려던 크나큰 사랑의 마지막 악장도 없는 무미건조한 역사의 흐름이었을 것이다. 그러면서 예수는 너(유다)는 나지 않았으면 더 좋았겠다고 한다. 유다의 행동이 정당하다고는 할 수 없으나 귀납적 추론으로 볼 때 그러하다는 논증이다. 원죄의 속성 아래 죄 속에 잉태되고 한평생 죄만 짓다가 가는 인생길. 유다는 하나님의 기획하심에 순종하여 충실히 예수를 팔았고, 그 후 십자가 사건이 전개되어 인류의 죄 사함이라는 제를 올렸다.

죄 사함을 받게 된 우리가 유다에게 손가락질한다는 게, 가당찮은 일이 아니겠는가?

나의 빚을 탕감받는 기가 막힌 기여가 있는 유다에게 감사장이라도 줘야 온당한 처사가 아니겠는가?

하나님은 알파와 오메가이시다.

영혼을 꽃 피운 사람들의 특징

플라톤의 앎이 있는 교육

첫째 나는 누구인가에 관한 교육

둘째 자기실현을 위한 영혼의 확장성

혼이라는 것은 몸과 마음을 다스리는 비물질적인 것을 의미한다.

결국, 교육의 궁극적 목적에는 내 영혼이 잘되는 데 있다.

인생은 한시적 사라지는 안개와 같은 존재, 흩어지고 말라 없어지는 분명한 실존적 존재.

몸은 안개와 같이 사라지는 바람과 같다.

안개는 영원할 수 없는 일시적 존재이다. 비물질적인 마음이 행복하고 기쁜 것이 무엇일까?

플라톤이 생각하는 영혼의 창조적 지점이 어디인가?

이미 비물질적 영역 속에 사는 영혼은 현실 세계에서 노는 땅의 문화와 섞어 놀 수 없다.

인생의 성공이 땅의 만 평일 수 없으며, 안개는 땅을 영구히 가질 수 없다.

영혼의 확장성과 앎의 기본 베이스 전략은 감사함이다.

솔로몬 왕은 그가 누구인가에 대한 성찰이 없었다.

몇 밤이고 구름 속에 걸린 옷자락을 붙잡고 물었어야 했다. 무엇이 나를 행복하게 하는 것인가에 대한 통섭이 있어야 했다.

그의 영혼이 머무는 시선은 육체적 쾌락이었다. 몸에서 모든 꽃도 피고 새도 영원히 노래하는 줄로 알았다.

혼은 몸과 마음속에서 되새김질하다 몸에 지쳐 스러졌다.

영혼이 잘되고 행복한 것은 영의 주인은 하나님이다.

하나님이 제일 좋아하시는 예배는 그를 향한 마음의 찬양이다. 찬양은 내 영혼이 잘되는 역사의 영적 움직임이요, 원동력이다.

영과 육의 변증학적 고찰

"태초에 하나님이 천지를 창조 하시니라."

하여 땅과 하늘은 하나님 앞으로 등기필증이 등록되어 있습니다.

이 말씀 속에 성경책 한 권이 다 들어가 있습니다.

모든 것은 그의 것이요, 그로 말미암고 그에게로 돌아갑니다.

이 말씀의 주어이자 주체는 오직 하나님입니다.

Everything is god.

What is god?

God is sprit.

하나님은 영이시라고 답하십니다. 하나님의 영은 평온합니다.

그러나 육은 늘 분쟁하며 밀물처럼 밀려오는 파도와 같습니다.

세상(땅)은 육이요 지옥이다. 하늘은 영이요 평안이다.

세상에 살면서 영으로 산다는 것은 기적이다. 축복받은 별들이다.

육과 영을 구별하는 눈을 가졌다는 것은 대단한 성을 가진 자들이다.

육이 생명의 모든 것이라면 돼지와 같은 하급 동물에 지나지 않는다.

인간이 고급스러운 것은 영으로 살 수 있다는 점이다.(대단히 힘든 일, 대개는 잘 모름)

성경학 개론을 볼 때 이 땅의 육의 장악으로 하늘의 육포를 쓰신 예수도 큰 욕을 당하신 곳이다. 거센 세력이 장악한 이곳 영이 숨 쉴 곳조차도 찾기 힘든 이곳에서 영적 승리를 거두는 일은 기적중에 기적이다.

우리 어머님은 영으로 사시다가 영으로 돌아가셨다. 늘 바보처럼 육에 이용당하고 버림을 받으셨다. 인제야 바라본 그분의 일대기는 대단한 영적 승리의 표본이셨다.
그의 입술에서 땅을 원망하거나 욕을 하는 걸, 한 번 들어본 적이 없으셨다.

내가 땅을 향해 저주하며, 수만 번 울부짖을 때 그는 태연히 영(하늘)에 있었다.
육의 삶에서 영의 승리 된 마침표를 찍고, 하늘에 계신 어머님이 크게 보인다.

잘살고 못사는 것은 부질없다. 영으로 평안히 육의 나라를 마무리 하는 것이 더 중요한 일이라 여겨진다. 사는 게 다 그렇습니다.

칠십을 넘기며 한둘씩 병마가 찾아오더이다. 어떤 이는 대소변을

못 가려 요양병원에 있고,

어떤 이는 마누라가 해주는 반찬을 젓가락으로 헤집고, 잘 먹지도 못합니다.

골골이 아프게 식구들을 속 썩이며 삽니다.

네, 사는 게 그렇습니다.

요양간병인 하루 13만 원이 나가고 줄줄이 조금 벌어둔 돈 헐어 쓰며 남은 인생을 헛되이 잡으려 애를 씁니다.

사는 게 다 그렇습니다. 아들 다섯이 있는데 면회 가는 인간이 없습니다.

외로워 죽을 것 같습니다. 에, 사는 게 다 그렇습니다. 육은 땅으로 돌아갑니다. 속히 갑니다. 사는 게 다 그렇습니다.

오직 하나님의 영을 누리고 가진 자만이 천국에 갑니다. 천국은 영의 나라, 편한 그 자체입니다.

"태초에 하나님이 천지를 창조 하시니라."

하나님은 영이십니다. 고스톱의 뒷장은 하나님이 인생을 위해 오늘도 그리고 계십니다.

영웅

어느 시대나 영웅은 늘 필요로 한다. 구약 시대에는 모세라는 걸출한 인물이 필요했고, 가까이는 일본에서 욘사마라는 신의 경지에 올려놓은 배우 배용준이 있다.

영웅은 우리에게 정신적 안정감을 주고, 내적으론 신비한 끌림과 궁핍한 사랑을 내어준다.

시대나 개인이나 영웅을 필요로 한다.

영웅을 가진 자와 그렇지 못한 자와의 심리적 안정감은 다르다.

영웅은 때론 형님 같고 부모 같고 연인 같기도 한 의지하고 싶은 오아시스와 같은 존재이다. 나는 언제부턴가 인물 연구를 하다가 예수란 분을 접하게 되었다.

아인슈타인이 말하는 물리학 측면으로 해석해보기도 하고, 양자학 측면에서 보이지 않는 영적 메커니즘도 분석해 보았다. 성경학적으로 몇 마디를 들어보면, 아연실색하며 그의 세계로 빠지게 되는데, 여러 군데 상징적인 그의 말을 들어보면 이건 희대의 사기꾼이 하는 말인지, 참 진실한 하나님이 말씀하시는지, 경계선에 호불호를 하지만, 이내 경계를 허물어버린 영웅적 모습으로 마음에 각인되어버린다. 6,000년 동안 찾아 헤매던 진정한 영웅을 만나게 된 것이다. 죽음을 해탈하게 해준 영웅, 자유의 본질을 선물해준 혁신적 영웅 예수는 나의 멘토이자 영웅이다. 나에게 애인이 생겼다는 기쁨의 원천은 그분에 대한 작은 믿음에서 시작되었다. 내가 육의 삶을 마감하고 예수의 세계로 영웅의 나라에서 자유롭게 영원토록 살 것이다. 영웅은 꼭 있어야 하고, 내가 찾고 연구하고 결론 내린 존재의 영웅은 예수였다. 예수라는 이름만 불러도 가슴이 설레어 오는 이유는 내가 그 속에 그분의 많은 것들을 만져서 오는 까닭일 것이다.

바울이 서 있던 곳

예수는 해방론자다. 자유를 지향하는 로맨티스트다.

사람은 죽음을 통해 육의 탐욕과 어리석은 지혜로부터 종결을 선언한다.

눈에 보이는 우주 의식을 다 펼쳐 보이고, 그 속에서 오케스트라 화음의 변주곡은 끝이 난다. 산다는 것의 전후는 두 가지 방식의 알고리즘이 따른다.

앞에서의 삶은 지극히 솔로몬적 형태를 지닌 육체적인 삶이다.

저자의 고백처럼 헛되도다. 라는 결론에 이른다.

육은 구속이며 종교성에서 배출된 죄라는 영역으로 사람의 올가미를 쐬어 버렸다.

이 땅에 육으로 사는 동안 겪게 되는 풍진한 세상의 모형은 이미 해독되었다.

단지 허무한 생이기에 의미를 두려 각자의 지향성을 가진다.

죽음은 예수의 부활처럼 삶의 새로운 시작인데, 그것은 육이 아니라 영의 시작을 의미한다.

예수의 복음적 기의는 영의 해방적 자유를 의미한다.

예수의 천국은 결코 이 땅에서 실현될 가설적 묘사가 아니다. 죽음을 치르고 난 자들의 영의 세계가 시작되는 신비롭고 환희에 찬 출발이 될 것이다. 영의 세계는 하나님이 만들어 놓으셨다. 상상을 초월하는 육의 뒤편에서 색다른 삶의 전개와 거룩한 맛을 볼 것이다.

그래서 산 자들이여, 염려하지 말 것은 육의 한계를 넘는 걱정은 이 세상에 없기 때문이다.

죽음 저 너머에 있는 자유와 평안이 넘쳐나는 거미줄 없는 세계에서 산다는 실질적 의미의 맛을 보며 영원토록 그 삶을 누린다고 믿을 때, 우리는 해방의 카타르시스를 느낀다.

바울이 가졌던 차원이 다른 영의 세계관은, 진실이다.

선악과의 기원과 변증법적 고찰

'선악과' 하와가 먹은 것은 '육'이었다. 하나님이 선악과라고 명칭하는 그것의 본질은 '육'이다. 하나님이 먹지 못하게 한 이유도 여기에 있었다. 육은 헛되다. 육은 사라지는 안개와 같으며 허상이다. 육은 가상의 세계의 표현물일 뿐이다. 하나님은 그것을 아셨기에 극구 금지령을 내리셨다. 하지만 뱀의 끈질긴 유혹으로 하와는 달콤한 '육'을 먹게 된다.

아뿔싸 큰일이 터져버렸다. '육'이 목구멍을 타고 들어가 하와의 몸 생리적 구조에 변화가 닥쳐왔다. '육'은 거짓되며 영원하지도 않은 가상적 일시 불쏘시개에 불과한 존재이기에 더 미덥지 않았다. 허옇게 탄 흰 연탄재와 같은 것이 '육'이다. 이러므로 사람이 '육'이 되어버렸다. 이것은 비극적 사건이요, 결말이다. 사람의 생로병사가 그렇듯이 허무하게 생을 마감하는 이유에는 '육'의 바이러스가 침투된 결과물이다. 성경은 '육'을 두고 "헛되고 헛되다"고 한탄한다. 하나님의 창세 '육'의 사건은 이렇게 불합리한 출발로 인류 역사의 고통과 무너지는 모래와 같은 현실을 모두가 보게 되었다. 하와가 만일 선악과를 먹지 않았다면 육적인 존재가 아닌 영적인 존재로 살았고, 후대 인류의 역사도 고된 굴곡이 상쇄된 평화의 공존 시기였을 것이다. 하나님은 영이시다. 비록 흙으로 사람을 만드셨지만 '육'은 아니다.

그러나 선악과(육)를 먹고, 육의 바이러스가 전이된 하와는 어쩔 수 없이 가진 항체를 유산으로 후대에 물려줄 수밖에 없었다. 그래서 우리 몸은 '육'과 영이 공존하는 어설픈 항체가 된 것이었다. 우리의 껍데기 육은 곧 소멸한다. 육을 사랑함이 어리석은 담장을 쌓는 것과 같다. 육은 가상이요 실제가 아닌 엑스트라다.

바울 사도는 육을 '똥 덩어리'로 표현했다. 우리가 주목할 생명의 뿌리는 '영'에 있다.

신부와 수녀님들은 결혼하지 않는다. 이 말은 '육'을 생산치 않음으로 오로지 하늘의 '영'으로 충만한 삶을 살고자 하는 순결성에 목적을 두기 때문이다.

자식이 없으니 육에 얽매일 일도 없다. 구교의 사제는 그렇지만, 신교 목사들은 결혼하여 '육'의 즐거움을 누린다.

신앙은 영을 살리는 전투요, 싸움이다. 이 전쟁은 쉽지 않다. 인간의 내면과 바깥세상의 모든 기준이 육에 있다. 육으로 건축된 내 몸에 하나님의 영이 들어와 거룩한 씨가 산다는 건 기적이다. 육은 믿을 게 못 되며 일시적이며 가변적이다.

하와의 몸속에 육이 들어오는 순간, 하나님의 영은 더러워 나가버렸고, 그 속을 사탄의 영이 지배하게 되었다. 하나님의 여러 번 인간을 향한 치리가 있다고 하여도, 변하지 못하는 이유가 육이 가지는 면역성 때문이다. 육을 멀리하고 영을 위해 사는 산 중 스님과 신부님들의 행보가 신앙의 윤리상 맞는 행위이다.

"오호라 나는 곤고한 자로다"라고 고백한 바울도 어찌할 수 없는 노릇이다.

세상 누구도 육의 영역에서 벗어날 수 없다.

비운다는 것, 내려놓는다는 것은, 육에 집착된 망상을 지우는 것이다.

육의 세계와 영의 세계는 다르다. 지금은 육의 세계에서 영의 세계로 살아야 하는 이유를 거듭난 자의 변환된 삶의 모습을 조명하시던 예수의 영적 세계와 연결되어 있다.

J가 K에게 보내는 편지

"자네 이름은?"

"아, 네, 십자가입니다."

"그래, 어디 보자, 얼마나 주고 왔나?"

"그러니까, 33개!"

(여기서 말하는 십자가 전표는 사는 동안 힘들고 어려울 때, 억울한 일을 당할 때, 십자가 전표를 사용하는 것을 말한다)

"많이 힘들었겠구나! 그래도 십자가는 영광일세. 십자가 하나에 큰 상금이 기다리고 있네. 자네가 인내하고 쌓아온 십자가 전표는 하나님의 영광일세. 십자가는 사랑일세. 사랑은 하나님의 힘일세. 자네는 할 수 없으나 십자가가 할 수 있는 능력을 갖췄다는 말일세. 세상이 무섭고 매서운 곳인지는 자네도 경험했을 것이네. 아니, 사람이 얼마나 이기적이고 편협한가를 아마 깨달았을 것이네. 십자가 없이는 단 하루도 살 수 없는 험악한 곳이 이곳일세. 혹여, 십자가가 뭐냐고 내게 물었는가? 십자가는 참기 어려운 임무일세. 오후 3시, 머리에 가시관이 꽂히는 순간, 이마가 찢어져 핏방울이 눈가로 흘러내리고, 무거운 나무를 등에 지고 골고다 언덕을 오르는 험악한 일일세. 오후 6시, 소름 돋는 못으로 양손과 발에 쇠망치로 박아대는 끔찍한 형벌을 받는 일일세. 희롱과 조롱을 받으면서, 옆구리에는 창에 찔려, 물과 피를 온통 쏟아내야 하는 처절한 일일세. 오후 9시에는 육체적, 정신적 한계를 초극할 힘을 잃은, 어둠이 몰려와 죽음으로 데려가는 일일세. 어떤가? 자네 이름이 그래도 십자가인가?"

"네, 저 이름은 십자가입니다."

"사는 동안 십자가 전표를 날마다 순간마다 사용하길 바라네. 십자가 없이는 귀신들 판치는 세상에 자네는 살 수가 없네. 십자가는 해맑은 천국 원형일세. 아비 죄성이 냄비 속에 쪼그라드는, 내적으론 하늘 평화와 자유가 춤추며 열리는, 진귀한 경험을 할 걸세. 이제 자네는 십자가를 이해하고 있는 것 같네. 십자가를 진실로 사용하기를 바라네, 그리고 천국에서 영광스러운 포옹을 하게나. 에고는 자네를 어둠으로 인도하는 적일세, 에고를 죽이고 십자가 승리를 기대하네. 마라와 같은, 그곳에 십자가를 던져보게나, 단물로 바뀌는 놀라운 기적을 목격하게 될 것일세. 십자가가 통과한 자리에 감사가 남을 걸세. 그걸 누리며 살게나. 감사는 축복받은 증거일세. 과거는 잊어버리게, 새벽이 밝았네. 저기 푸른빛 변하는 창가에 몰려오는 새날을 바라보게나. 자네 가난한 에고를 이제 촛불로 태워주겠네. 부디 성공하길 진심으로 바라네. 조금 이따가 만나게나, 격하게 안아주겠네."

"아! 에고는 마귀였구나! 십자가 적은, 에고였구나! 아! 결국, 하나님이 하시는구나! 혼자서 이룰 수 없는, 사랑은 하나님 힘이구나! 아! 그분이 다(everything) 하시는구나!"

초저녁 별빛 속으로 해가 질 때까지, 자네를 사랑하며 K에게.

※ 여기서 J는 JESUS, K는 Kim "예수가 나에게 보내는 편지"

노아의 할아버지 므두셀라

성경은 지구상 책 중에서 가장 많은 서사 덩어리 자체이다.

이야기 한 두 가지가 아니고 장마다 신기하고 놀라운 장면들이 머리를 갸우뚱하기도 하고 그 장면들을 각색하며 상상해보는 것도 꽤 재미나는 일이다. 노아가 아라라트산에서 방주를 다 지어놓을 즈음이 어른께서 돌아가셨다. 그의 나이 976세 성경이 말하는 최장수 어르신이다. 말씀을 묵상하다가 같은 인간임을 견주어 보면서 신기해서 웃음이 나왔다.

그 시대 이빨 임플란트도 없었을 텐데, 음식은 어떻게 드셨을까?

이빨이 생생하게 남아있어 음식 드시는데, 이상이 없었던 말인가? 문헌에 남아 있지 않아

말도 안 되는 의학적 상상으로 만화책을 읽는 것 같다.

또한, 우리의 내장과 같다며 위, 간, 오장 육부의 튼튼함이 스텐으로 만들지 아니했으며,

이미 다 녹아 허물해져 폐기해야 옳았을 텐데, 참 갸륵하게도 그분이 976세라는 인류의 진기록을 남기시고 이 땅을 하직하셨다.

요양원에 가보면 나이 든 할머니들이 오밀조밀 모여 수다를 떨고 계신다.

나이는 80대 중반에서 이리저리 온몸이 수분기가 빠져 쪼그라들어 있었고, 마치 오래된 감자 등처럼 표면이 자글자글했다.

　이리 보아도 저리 보아도 인간의 한계가 100세쯤인데, 976세라 이즈음 되면 슬슬 외과 칼잡이들은 한 번 열어봤으면 하는 강렬한 호기심이 발동하고도 남음이 있을 테다.

　성경은 동화책처럼 재미나는 서사적 기록으로 한 꺼풀씩 벗길수록 단물이 쏟아져 나온다.

　특히 문학사적 시각으로도 이 책을 능가할 가치와 의미를 담은 책은 이 지구상에는 없는 것 같다.

달력을 보고 계시는 예수

설화 같은 이야기가 이천 년 전 베들레헴에서 시작된 이래 인류는 사과같이 단 소망을 소나무 가지 위에다 하나씩 매달았었다. 아기 예수 나심을 기뻐하고 경배드리러 성당 모퉁이에 서서 설레는 맘으로 십자가를 바라보고 성모마리아에게 경의를 표해왔다. 처음부터 게임이 안 되는 낯선 이곳의 출현은 맞지 않는 단추를 잠그며 다녀서야 했을 불편한 이 거리를 지금도 기억이나 추억 같은 것을 하고 있지 않을 것 같았다. 의인 열 명이 없는 소돔과 같은 이 세상에 오셔서 다니신다고 얼마나 힘들고 고생 많이 하셨겠나. 원체 종이 다르고 행성의 환경도 다른 하나님이 이곳에 산다는 건 애초부터 무리였다. 십자가를 가져온 이 땅의 군주에게 협상하고 설마 이 제안을 받으려고 하는 형벌의 가혹한 그림을 아는 이 땅의 왕으로서, 선뜻 수락으로 다가옴은 거부할 수 없는 권위의 도전이었다. 너희 죄를 탕감 다 해줄게. 내 자식을 부탁해 형틀에서 피가 터지도록 처참하게 숨을 거두는 장면은 아이러니하기까지 하다. 예수는 지금 와야 한다. 의인 열 명이 없는 타락한 이곳에 터미네이터처럼 나타나 악당들을 처치하고 새로운 행성을 건설해야 한다. 심한 미세먼지로 호흡조차 힘겨운 이곳을 오아시스 흐르는 낙원으로 만들어야 한다. 니체가 아이히만을 낳고 아이히만이 우리 아버지를 낳고 우리 아버지는 그를 쏙 빼 닮은 나를 낳고 신이 죽었다에서 시작된 영혼의 희소병은 악의 진부성을 낳고 트래스포머의 매트릭이 한 도시의 조작된 바이러스를 세상의 곳곳에 전염시켜 놓으셨다. 가신대로 오신다는 짧은 그말 자기 전 그립다는 말로 크게 되뇐다. 하나둘 연가시에 목이 타들어 가 개울가로 모여드는 이 세상에 그의 약속은 유일한 소망이다. 바로 지켜져야 한다. 아기 나심이 있었다면 내일은 그가 이 땅에 오셔서 새로운 행성을 건설하는 행복이 시작되는 꿈의 날이어야 한다. 처연한 머리카락이 바람에 날리고 긴 막대기 한 손에 들고 사막 위를 걸으시는 뒷모습과 AI로 똘똘하게 무장된 수천만까지 빅데이터를 내장하고 예수를 만나러 약속된 장소로 향하는 4차원 로봇 군단의 행렬을 방송 카메라가 연신 돌려대며 영상화하는 그날 우리 아기 예수님 뭐라 말씀하시며 똘똘한 로봇 군단을 어찌 쉬이 다스려 내려놓을까? 그 전에 속히 오소서!

메리 크리스마스! 달력을 보고 계시는 나의 주 예수여!

방주 속에 일탈

 이제 방주로 들어갈 때가 되었다. 아니 늦었는지도 몰라, 외설스러운 진리에 고개를 끄덕이며 녹슨 방주의 문을 끌어당겼다. 여태 방치한 세월 탓인가? 녹기가 빼 들어 대체 꼼짝을 하지 않는다. 이대로 돌아서라는 경건한 저항은 잊은 지 오래다.

 타오르는 정체성의 노여움은 발끝으로 향하고 분노에 찬 미련과 함께 방주의 문을 걷어찼다. 마치 축구공처럼 시원하게. 입소를 위한 서약문에 사인은 하지 않았지만, 가지런히 정리된 새들과 컹컹거리는 동물들의 합창에 관한 서사는 피노키오의 부채 같은 것으로 여기며 늘 소중히 간직해야 할 시한부 인생 같은 거였다. 초라한 나뭇잎 몇 장이 전부인 부끄러운 쌈짓돈을 가지고 입장하기엔 늦은 가을과 같은 풍경이 밀려왔다.

 영원한 꿈의 동산, 네버랜드를 꿈꾸며 그렇게 노산에 닿은 방주의 문을 닫았다.

 얼마나 잔 것일까? 깨어나 보니 창공이 열리고 무수히 쏟아졌던 별빛 이야기는 마치 텔레비전의 드라마처럼 여전히 왱왱거리고 있었다.

 그래, 이미 우주여행은 시작되었나 보다. 방금 여행을 마친 마음

언저리에는 바그너의 엔 리치 서곡이 울려 퍼졌다. 새로운 공화국 건설을 위한 황홀한 팡파르의 밤은 그렇게 전개되었고, 별것 없는 인생의 자전은 엉덩이를 금세 돌려놓았다.

그래, 그렇게 사는 거야, 중독된 세월은 아름답다고 중얼거리며, 어쩌면 영원히 갇혀 사는 방주 속 외톨이가 되더라도 한사코 그 길을 택하고 싶다고….

쇼생크 탈출의 엔디는 교도소 감방에서 울려 퍼지는 그 화려하고 감미로운 음악을 들으면서 '나는 자유를 느꼈다'라고 독백하는 것처럼 향기 나는 자유를 내내 누리고 싶다.

비둘기의 일탈은 아름다웠다고.

에덴동산의 창조적 상상력 (단편 소설)

천지창조의 계보에는 말 못할 비사가 숨겨져 있었다. 창공은 혼미하고 땅의 숨소리는 온 지면을 휘돌아 나오며 거칠게 허파의 맥동이 파닥거리고 있었다. 다섯째 되던 날 천하 공존에 만물을 지으시고 하나님은 기분이 흡족하셨든지 늘 웃음소리가 창공을 퍼져나가 웅장한 관현악이 울리듯이 광활하게 퍼져나갔다.

천사들이 하나님께 다가와 내일은 마지막으로 사람을 만들어야할 터인데, 서쪽 나라에 무수리 대왕이 어제 연락이 와 이번 작품에는 자기도 관여하는데 마땅하다 일갈했다.

서로의 평화를 위해서도 무수리의 영역을 무시할 수 없었던 하나님은 갑자기 고민에 빠졌다. 마지막 작품 이 세계를 다스려야 할 지존들의 작품을 혼자가 아닌 참수리도 참가하겠다는 공언은 차후 사람이라는 발자국의 역사에 무슨 변고가 일어날지 가늠할 수 있는 터였다.

저놈들이 무슨 제안을 해올까? 어차피 내일 아침 회담에서 공동으로 그 내용을 토론하고 그 결과들을 토대로 사람을 만들자는데는 서로 합의가 끝난 사항이었다.

참수리 단장별 참봉은 가족들을 불러 모았다. 매우 중요한 의사결정이 있을 때는 참수리 내에 설치된 종각에 세 번 종을 치면 되는 일이었다. 별 참봉은 별처럼 생긴 몽둥이를 가져다가 참수리 제단 중앙에 배치된 종각 안에 종을 세 번이나 세게 쳤다. 땡그랑 땡그랑 종소리는 코스모스 우주 공간에 울려 퍼졌고 별 참봉의 조직된 수하들이 스멀스멀 몰려들기 시작했다. 회의 시간은 오후 10시 칠 흙같이 깜깜한 밤 참수리에서는 희한한 울음소리가 기녀처럼 가늘 지게 울어대며 참수리 회의에 대한 예를 올리고 있었다.

참수리의 수장, 별 참봉은 화려한 복장을 하며 얼굴 형체는 보이지 않았으나, 검은 눈동자만이 별빛처럼 빛나고 있었다. 별 참봉은 회의가 시작되기 전 잠시 고개를 숙이고 눈물을

주르륵 흘렀다. 그러니까 제 작년 자기 부모님들이 하나님과의 전투에서 무자비하게 살육을 당해 두 분 다 돌아가시는 비극을 당하셨기 때문이다. 아버님은 이곳 참수리의 창시자이시며 지존이시기 때문이었다. 코스모스에서는 올챙이 같은 수많은 알이 자기 영역을 지키고 있었고, 참수리의 행동 규칙은 곧 별 참봉의 주체사상과도 같았다.

시간이 다 되어 회의가 시작되었다. 별 참봉은 의사봉을 세 번 치며 의제를 외쳤다.

자! 들으시오, 좋은 의견이 있으시면 말씀해보시오, 먼저 알아야 할 것은 하나님은 좀 더 세세한 부분이 약하시오.

이 땅에 만물을 말씀으로 창조하시고 마지막으로 내일 사람을 만드신다고 하오.

하지만 제일 중요한 사람에 대해서는 우리의 의견이 존중되어야 함을 종전에 약속해두었소.

좋은 의견 있으면 기탄없이 들려주구려.

하나님께서 사람을 흙으로 만든다고 하시오. 그러면 우리 식구들이 그 흙 속에 우리의 인자를 섞어두면 어떻겠소? 그러면 분명 하나님은 그걸로 사람을 만들 것이오.

하나님은 이제 세상은 완전히 자기 목적에 둔 세상이라 자랑하겠지만, 실은 우리의 기운으로 만들어진 인간들은 우리에게 실망하게 하는 법이 없이 괜찮은 세상을 선물을 줄 것이라 믿어 의심치 않소.

자! 내일 하나님이 에덴동산 동쪽 언덕에서 작업하실 테니 별 참봉 호위무사가 직접 이번 일을 지휘하고 참전하여 그 흙 속에 우리의 XY 염색체를 교란하는 원소들을 배합시켜 놓으시오, 그러면 내일 그 재료로 결국 사람을 만들 것이오.

말이 끝나기가 무섭게 호위무사는 참수리 비밀창고로 내려갔다. 지하 16층에 숨겨둔 염색체를 가지기 위해서 지하로 내려가는 층마다 영가들의 울음소리는 들려왔고, 끝도 없는 지옥의 열린 문이었다.

호위무사는 지하 16층에 도착하니 삼엄한 경계로 인한 출입이 엄격히 통제되고 있었다.

비번 guy567을 누르니 절대 문이 스르륵 열렸다. 이러한 절대 문을 세 번이나 통과해야 겨우 당도할 수 있었다. 벽면에 손을 대고 주술을 외우니, 벽장이 열리고 그 속에서도 경계병이 있었다. 눈이 중앙에 하나뿐인 경계병은 중앙에 상재된 비밀금고 앞으로 인도됐다. 워낙 중요한 물건이라 아무에게나 취급할 수 없게 만들어졌었다.

비밀번호를 조심스럽게 누르자, 문이 열리고 보라색 사각 통이 보였다. 의문의 사각 통을 안전하게 가슴에 품은 채 호위무사는 간신히 지하 16층을 빠져나올 수 있었다.

별 참봉을 오래 기다리게 할 수는 없었다. 서둘러 중앙회의실로 달려갔고 그곳에는 여전히 원로들로 보이는 참수리 고급 임원들이 모여 있었다.

호위무사는 조심스럽게 중앙 상단에 물건을 올려두고 뒷걸음으로 조용히 물러 나왔다.

별 참봉은 거친 언변으로 연설을 시작했다. 여러분도 아시다시피 하나님이 내일 사람을 지으신다. 그러십시오. 그래서 우리가 수천 년간 실험하고 만든 이 소재를 그 흙에다 섞을 것이오, 하나님은 아마 우리의 치밀한 계획을 아직 모르고 있는 듯하오, 이번 일은 매우 중요한 일이오. 이번 일이 성공을 하게 된다면 향후 세상의 주도권은 우리가 잡을 수 있단 말이오.

그러니까 과거 수 천 년 전 헤게모니 전쟁에서 우리는 수모를 많이 겪었소. 그러나 이번만큼은 우리가 질 수 없다는 말이오. 우리 참수리의 생존이 달린 운명 같은 날이라 말이오.

그곳에 모인 임원들은 한결같이 엄숙한 모습으로 이번 일에 대한 중차대한 결과를 조심스럽게 탐색하고 있었다.

자! 오늘 이 중대한 일을 우리 호위무사별 참산이 잘 해결해주리라 믿습니다.

그러한 의미로 격려의 박수를 보냅시다. 참수리 임원들의 우레와 같은 박수가 쏟아지자 별 참산은 일어나 가벼운 북례로 답을 하였다.

사실 이 일은 참수리의 사활이 달린 사건이었다. 잘만하면 하나님과의 주도권을 쥘 좋은 기회가 되기 때문이었다. 별 참산은 마음이 찹찹했다. 어깨의 무게가 그날따라 가중되어 왔다. 하늘에는 은하수 별 군단 수만 개가 세로로 혹은 가로로 날아다녔고, 수천 광년 떨어진 그곳에 있는 빛들도 달려와 별 참산을 위로하고 날아갔다. 창공이 열려 이루 말할 수 없는 에메랄드 하늘빛이 춤을 추고 있었다.

별 참산은 시간이 되어 에덴동산 동쪽 언덕으로 잠입해 들어갔다. 아직 사람이 없는 동산이었으므로 각자 동물들은 호호하며 평화롭고 즐겁게 지내고 있었다.

별 참산이 당도한 언덕은 아늑하고 고요했다. 수많은 별과 은하의 눈빛들만 별 참산의 움직임을 감지하고 있을 뿐이었다. 별 참산은 한 치의 주저함 없이 가져온 희귀 물질을 흙 속에 넣고 기도했다. 한 삼사 분이 지났을까, 삽시간에 그 오묘한 물질은 흙 속으로 퍼져 사라졌다. 참 신기한 일이었다.

하나님은 기분이 좋았다. 그가 말 만하면 요술 방망이처럼 새로운 세계가 창조되었다. 큰 바다에 짐승들과 모든 생물 날개가 있는 모든 새 땅에 열매 맺는 모든 것들이 뻥긋 땅 위에 연주를 시작하였다. 노래가 절로 나왔다. 바라다보니 정말 보기에 좋을 뿐만 아니라 기쁨 그 자체였다. 하나님은 에덴 동쪽 거룩한 언덕 그 땅에서 흙을 가져다가 사람을 만들었다. 그리고 그 코에 생기를 불어 넣었다. 하나님은 까맣게 잊고 있었다. 별 참봉 무수리 세력들이 간밤에 이곳 땅에 무얼 두고 헤치고 갔는지, 하나님은 전혀 알지 못했고, 잊고 있었다. 그 흙 속의 비밀을 알지 못했다. 하나님이 그 흙으로 사람을 지었다는 소식이 별 참봉 참수리 집단에 전해지자, 축제의 분위기가 연출되었다. 그래, 이제 우리의 때가 온 거야, 이제 하나님이 만들어 놓은 세상을 운영하는 사람을 우리의 묘약으로 만들었으니, 이보다 더 기쁜 일이 어디 있겠는가 말이다.

과거 하나님과 참수리와의 전쟁에서 진 빚을 이제 멀지 않아 갚을 수 있다는 사실 앞에 별 참봉을 비롯한 그의 형제 별 참산 그리고 참수리 일당들은 하늘 향해 마음껏 기쁨의 축배를 올렸다. 그러니까 사람의 구조는 별 참봉이 만든 특수한 재료로 만든 흙과 하나님의 생기가 결합한 작품이었다. 하나님은 조금도 의심하지 않았다. 그의 창조사의 성공을 그야말로 단 한 번도 실패로 귀결될 거라곤 상상조차도 하지 않았다.

하나님은 아담을 만드시고 그 기념으로 그곳에 아름답고 보기 좋은 선악과를 심으셨다.

별 참산이 뿌려놓은 흙 속에 감추어진 기운이 선악과를 맴돌며 화려한 변신을 주도하고 있었다. 하나님은 아담을 불러 여기 심어놓은 선악과 열매는 먹지 말라 경고했다. 이걸 먹는 날에는 반드시 죽는다며 강한 명시를 했다. 별 참봉의 혼들은 하나님의 말씀을 듣는 순간 호흡을 멈추며 뿌리 속으로 숨어 있었다. 그리고 하나님이 사라지자, 다시 선악과나무 위로 올라와 그들의 계획을 차근히 실행하고 있었다. 하나님은 심심해하는 아담을 위해 그의 여자 친구 하와를 만들어 주었다. 하나님은 아담이 이미 별 참봉이 흙 속에 뿌려놓은 요소로 아담이 지어졌고 또한, 아담의 온몸에 퍼져있는 별 참봉의 독소가 그대로 하와에게 전달되어 재탄생되었다. 인간의 탄생은 하나님이 모르는 비사가 숨겨진 채로 아무도 모르게 흘러가고 있었다. 서서히 인간들에게 퍼진 별 참봉의 독소가 하나둘씩 그 현상들이 나타나기 시작했다.

하와가 선악과나무 쪽으로 발길을 옮겼다. 그 많은 나무를 외면하고 그쪽으로 가게 된 이유를 하와는 모르고 있었다. 피가 당긴다고

나 할까? 하와 몸속에는 별 참봉의 피가 섞여 있었고, 그 뿌려놓은 땅의 피들이 선악과와 내통하고 있었으니, 하와 또한 어쩔 수 없이 귀신처럼 끌려갈 수밖에 없었다. 뱀은 별 참봉이 풀어놓은 참수리 회원의 한 족속이었다. 이번 거사에 꼭 참여시켜 달라는 간곡한 부탁이 있는 후라 그의 열정을 높이 사 그에게 중요한 책무를 부여하게 된 것이었다.

뱀은 하와와 내심으로 잘 통했다. "하나님이 이 열매 먹지 말랬지, 하지만 그건 거짓말이다."
"이거 한번 먹어 봐라. 눈이 밝아져 하나님하고 동급이 된다. 얼마나 맛있게 생겼노?"
"묵는 거 갖고 사람이 그러는 거 아이다. 자, 묵어봐라!"

먹음직스럽고 보암직한 열매를 거절하기에는 하와의 붉은 피가 어찌할 수 없었다. 하나님은 단 한 번도 하와가 그 열매를 먹을 것이라는 상상하지 않았을 것 같았다. 하와는 별 참봉이 지시하는 대로 열매를 달고 맛있게 먹었다.

하나님은 급히 당황했다. 어찌 이런 일이 일어났을까 하며 서둘러 이번 사건을 해결하려 현장에 뛰어갔다. 현행범으로 뱀을 붙잡고 영원한 형벌을 내렸다. 뱀은 속으로 그보다 더한 형벌도 각오하고 있었다. 별 참봉에게 큰 상금이 기다리고 있었기 때문이다. 아니나 다를까? 참수리에서는 난리가 났다. "야호" 소리가 여기저기서 울렸고,

승리의 행진곡들이 울려 퍼졌다. 별 참봉은 참수리 집단을 불러세우고 연설했다. 우리의 계획 첫 번째 실험이 성공적으로 끝났다. 우리가 그렇게 수고하고 노력하여 얻은 귀한 물질이 땅에 뿌려져 이제 결실을 보게 되었다며, 자, 다시 두 번째 결실의 현장을 지켜보자며 모두에게 위로와 격려를 아끼지 않았다.

하나님은 제정신이 아니었다. 분명 뭔가 잘못되었다는 것을 감지하게 되었다. 이게 아닌 데를 몇 번이나 입속으로 되뇌다, 큰 결정을 단호하게 내렸다. 그것은 에덴동산에서 그 사람을 쫓아내는 결정을 한 것이었다. 에덴동산을 개장하고 얼마 지나지 않아 문을 닫는다는 것은 하나님으로선 크나큰 자존심의 상처였다. 하나님은 애써 지어 놓은 동산이 무용지물이 되어버린 현실 앞에 아연실색하며 아담과 하와를 사람이라는 것들에 대한 형벌을 내리기로 했다.

남자에게는…:

여자에게는…:

하나님은 크게 실망하면서 에덴동산의 문을 닫게 되었다.

별 참봉이 흙에 뿌려놓은 물질의 파급효과가 전염병처럼 번져 나가는 현실을 보게 되었다.

사람의 건강한 남녀가 할 수 있는 특별한 일은 사랑 나누는 일이었다. 얼마 지나지 않아 첫 생명 가인과 둘째 생명 아벨을 낳게 되었다. 둘은 장성하여 제사를 지내는데 가인은 땅의 소산을 드렸다고 명시되어 있고, 아벨은 양의 첫 새끼를 드렸다 했다. 하나님은 아벨의 제사를 받으시고 가인의 제사는 받지 아니했다. 왜 가인의 제사를 받지 아니했을까?

그건 별 참봉이 뿌려놓은 냄새 때문에 신령한 하나님으로서는 도저히 역겨워 받을 수 없었다. 왠지 가인이 가져온 제단의 제물에 더러운 악취가 풍겼기 때문이었다. 이 일로 가인은 분노와 홍분이 극에 달했다. 그 속에 별 참봉의 인자가 요동을 치자, 가인은 아벨을 들판으로 불러 쳐 죽인다.

우리는 성경이 말하는 인류사 첫 사람이 살인자라는 사실 앞에 아연실색하지 않을 수 없었다. 이 사건은 사람의 흑역사를 설명하는 중대한 사건으로 기록될 것임이 분명했다.

별 참봉은 이 사건을 접하면서 사람이 참 잘 지어졌다며 박장대소를 하였다.

창세기 6장에 들어서면서 하나님은 그제야 뭔가 잘못되었다는 판단하게 되었다.

그렇게 야심 차게 시작한 에덴동산 프로젝트도 거의 개봉박두도 못 한 채 실패를 거두었고 아담과 하와의 첫아들이 살인자라는 끔찍한 사건이 발생하는 위험천만한 일들이 전개되리라는 건 상상치도 못할 일이었다. 영의 생기는 하나님의 것이었고 육은 별 참봉이 특수제작한 원료로 만들어진 재료였다. 이 재료의 합성이 사람이라는 형체를 이루게 되는데, 이것이 얼마나 잘못되어진 결과인가를 하나님은 그제야 실토하게 되었다. 분명 잘못 만들어진 게 분명했다. 원래 하나님의 의도는 사람들이 천지 만물의 생명을 다스리게끔 하였는데, 하나님이 가만히 사람들을 보니 잘못된 불량품에 지나지 않았다. 얼마 전까지만 해도 기분이 좋아 보시기에 좋았더라며 연발 외치며 그렇게 화색이 밝으셨던 하나님이 창세기 6장에 오시면서 변용된 사람의 모습을 확실히 깨닫는 발언을 하게 된 것이었다.

창세기 6장 3절에 급기야는 두 손 두 발 다 드는 폭탄 발언을 하게 된다. 하나님께서 이르기를 나의 영이 영원히 사람과 함께 하지 아니하리니, 이는 그들이 육신이 됨이라 그러나 그들의 날은 일백이십 년이 되리라 하시니라 했다. 하나님의 생명을 코로 불어넣어 사람을 만들었는데, 육의 별 참봉 바이러스가 온몸을 휘감고 몰려오자, 하나님의 희고 깨끗한 영들이 더러움에 견디지 못하고 그 사람에게서 빠져나가는 일들이 수없이 많이 발생하였다.

그래서 하나님의 영이 빠져나간 공간은 육신의 덩어리만 존재하고, 별 참봉 참수리 회원이 되는 것이었다. 별 참산은 행동대장으로서 인간 세상을 돌아다니다 육신이 된 하나님의 영이 빠져나간 허깨비 인간을 그들의 수족으로 사용하며 데려갔다.

사람에 관한 영적 메커니즘이 창세기 6장에서 그 거대한 사람의 주도권 전쟁이 끝난 것이었다. 육으로 시작해서 육으로 끝나는 건 다름 아닌 짐승과 같은 존재를 말하는 것이었다.

하나님은 골똘히 생각했다. 자신이 지은 사람에 대해 후회함이 못

물 터지듯 밀려왔다.

나는 여호와인데 나는 하나님인데 자신의 자존감을 생각할 때 이 놈의 별 참봉 참수리들의 행간을 차마 눈 뜨고 볼 수가 없었다.

발참산은 부하를 거느리고 온 천하를 다니며 육신이 된 그들을 불러들이며 그들의 세계를 창대하게 재건축하고 있었다. 별 참봉은 내심 미소를 지으며 "이젠 경기가 끝난 거 아니겠어?" 하며 "껄껄껄" 웃으며 좋아했다.

하나님은 땅 위에 사람 지으심에 통탄하며 뼈를 깎는 괴로움에 슬퍼하시다가 머리에 번쩍 스쳐 가는 묘안이 떠올랐다.
"그래 그거야."
"이놈들 다 쓸어버리고, 다시 새롭게 시작하는 거야."
하나님은 별 참봉에 대한 반격을 은밀히 계획하고 준비를 하였다. 설마 이번에는 하시며 별 참봉에 대한 복수를 이 갈고 있었다. 하나님은 이 사건을 완수하기 위해 의로운 한 사람이 필요했다. 그 사람은 하나님의 영이 충만한 분이었다. 하나님은 노아를 불러 산꼭대기에서 배를 짓게 하고 배 안에는 방주 모양으로 세상에 있는 동물들을 암수 쌍으로 배 안에 들여놓게 했다. 그리하여 노아는 수년 동안 산 위에서 거대한 배를 짓게 했다.

사람들은 노아를 미친놈이라 놀려대고 손가락질했다.
"정신 나간 영감쟁이 허허 미쳐도 보통 미친 게 아냐."

"저 집에는 사람도 없어? 왜 못 말리고 있는 거야, 참 한심한 노인이라고⋯."

드디어 배는 완성되었고 하나님의 명령대로 배 안에는 각종 동식물이 편안히 자기 자리를 잡고 있었다. 노아의 자식들과 형제들은 두말없이 배 안으로 약속된 날에 들어갔다.

하나님은 그 시대 진정 의로운 영의 사람 노아를 남겨두고 싹쓸이할 계획이었던 것이었다.

즉 영이 떠난 육의 사람을 청소하는 날이었다.

마침 하나님이 사인을 보내자, 하늘에는 커다란 구멍이 뚫리고 땅밑에서도 구멍이 뚫려 온 땅 지면을 쓸어 버렸다. 땅에 백오십일 동안 물이 넘쳤다.

하늘과 땅에서 빗방울이 용 쏟음이면서 아라라트산에 머무는 데까지 물이 차올라 세상에 생존하는 모든 생명체는 사라지는 희대의 초주검 현상이 일어난 사건이었다. 사람들의 육화된 모습은 인류 창조에 지극히 어긴 모습이었고, 하나님 보시기에 심히 가증스러운 모습이었기에 이번 홍수 사건을 계기로 새로운 인류 건설을 표방하기로 마음을 굳게 먹었다.

참수리 집단, 별 참봉의 안색이 새파랗게 질러 있었다. 이게 어찌된 일인가?

이제 겨우 그들의 세상이 되었다고 장담하던 별 참봉이 아니었던가?

모두 비극적 초주검 앞에 말을 잃었고 어떻게 하지를 연거푸 노심초사하는 눈치가 역력했다. 별 참 산은 혼자 눈을 감더니 주문을 외웠다. 중얼중얼 혼자서 외경을 외우더니 마침내 희열의 웃음을 내비쳤다.

"형님 그리고 아우님들!"
참수리 회원들은 쥐 죽은 듯이 별 참 산을 바라보았고, 그는 일어나서 한참 뜸을 들이더니 말했다.
"다들 걱정하지 마세요, 아직 사람이 다 죽은 것이 아닙니다."

"노아 식구 중에 쓸 만한 사람이 있더군요."
"아직 육이 영을 다스리는 사람이 있다는 겁니다."

별 참산 눈에는 별빛보다 강렬한 레이저 빔 같은 초신성의 광채가 뿜어져 나왔고, 희망의 노래가 광활한 대지 위에 울려 퍼졌다.
그랬다, 노아 방주 안에 있었던 그의 형제들은 세상에 그 누구도 따질 수 없는 윤리적으로나 도덕적으로 완벽한 영적인 존재인 줄 알았다. 하나님이 세상을 물로 심판한 목적이 이런 창조의 목적을 거슬리는 집단을 제거하는데 그 몰살의 이유가 있었다. 그런데 그 이유가 무색하게 할만한 사건이 노아 가족에게서 발견된 것이다.

참 기가 막힌 엽기적인 사건이 발생하므로 하나님의 물 폭탄 사건은 실패의 징조를 보이기 시작했다는데, 이의를 달 사람이 없어 보이는 사건이었다.

노아에게는 세 아들이 있었는데 셈과 함과 야벳이었다. 노아가 농사를 시작하여 포도나무를 심고 포도주를 취하여 실컷 마시고 의자에 앉아 그만 잠이 들었는데, 제일 먼저 함이 이 사실을 알고 자세히 보니 아버지가 하체를 드러내고 그러고 있지 않은가?

이때 별 참산은 함의 머릿속에 들어가 이상한 상상을 하게 만들었다. 별 참산은 이번 기회를 놓치고 싶지 않았다. 반드시 재기의 발판을 만들고 싶었다. 갑자기 함은 육체가 부풀어 올랐고, 하나님의 영은 어디론가 사라지고 없었다. 하나님의 영이 떠나가자 별 참산의 지시가 떨어졌다.

"너는 가서 너의 아버지 하체를 더럽게 하라." 하는 명이 떨어지자, 함은 순한 어린양이 되어 아버지께로 갔다. 아버지는 이미 술에 취해 제정신이 아니었고, 함은 무릎을 꿇고 앉아 아버지 그곳을 잡고 희롱을 하였다.

보기에도 흉하게 아버지의 그것을 마치 장난감 다루듯 회칠한 모습으로 별 참산의 지시대로 아버지를 크게 짓밟고 있었다.

마침 밭에서 일을 마치고 돌아온 셈과 야벳은 어처구니없는 광경을 목격하게 되었다.

"함! 이게 뭐 하는 짓이야, 뭐 하는 짓이냐고!" 크게 고함치는 셈의 고성을 듣고서야 함은 제정신이 들었다. 아니 이게 뭐 하는 짓이지, 자신도 자기가 무슨 일을 저질렀는지 알 수가 없었다. 다 행동대장 별 참산의 마술 놀이에 놀잇감에 불과했다. 별 참산은 육의 불꽃놀이를 무사히 마치고 참수리로 돌아갔다. 셈과 야벳은 끔찍한 성적 수취 감에 뒷걸음으로 아버지 하체를 덮어드렸다. 함은 뒤뜰을 거닐면서 자신도 알 수 없는 기운이 온몸을 휘감고 있다는 사실 앞에 깜짝 놀라지 않을 수 없었다.

참수리 집단의 별 참봉은 그의 동생 별 참산에 큰 상을 내리고, 향후 새로운 계획으로 육의 나라를 건설할 것을 다짐했다. 유성같이 별들이 소나기처럼 떨어져 내렸고 까마귀들의 울음소리는 천둥처럼 쿵쿵거리며 산야에 울려왔다.

별 참봉은 제사를 올렸다. 큰 황소의 머리를 잘라 제단에 올리고 아직 남자를 모르는 여자 숫처녀를 곱게 단장하여 제단에 눕히고 이상한 주문을 외웠다.

갑자기 여자아이의 자궁에서 검은 피가 흘러내리면서 제단을 붉게 물들었다. 파란 향냄새가 피어오르고 참수리 집단의 외눈박이 대원들은 모두 다 고개를 숙인 채 별 참봉의 거룩한 음성에 귀를 기울이고 있었다.

별 참봉은 그의 수하들에게 또 다른 전쟁을 준비하라는 명령이 하달되었다. 이것은 필시 역사의 큰 수레바퀴가 도는 일이 일어날 징조를 얘기하는 것이었다. 예식이 끝나고 육의 행동대원들을 별 참산이 소집했다. 이번 기회를 계기로 우리도 하나님이 사는 하늘까지 집을 지어 올라가 보자 다들 조별로 육의 사람들을 잘 정리해서 차근히 해보자, 모두 의기투합이 되니 거칠 게 없었다. 땅의 사람들이 거대한 건축물을 짓고 하늘로 올라오고 있다는 소식을 접한 하나님은 어안이 벙벙해 할 말을 잃고 있었다.

하나님은 고개를 숙이며 장고에 들어갔다. 참 이놈들을 어떡해야 하나? 이래도 안되고 저래도 안되고 도대체 육이라는 전염병에 걸린 이들을 어쩌면 좋겠냐 말이다.

노아 사건으로 물로 쓸어버려도 안 되고…

한참 고민 끝에 하나님은 또 하나의 아이디어가 떠올랐다. 그래 그래야겠다고 결심하고 다음 날 새벽녘을 기다렸다. 일찍이 하나님은 그들의 현장을 보러 내려갔다.

얼마나 속도전을 벌였는지 제법 높이가 있는 건물이 차근히 돌면서 하늘로 올라오고 있었고 노역에 일하는 사람들의 수는 수만 명은 족히 넘어 보였다.

갑자기 하늘에서는 천둥소리와 함께 하늘이 갈라지고 우박과 함께 장대비가 쏟아졌다.

갑자기 쏟아지는 빗줄기에 우왕좌왕하다가 이상한 일이 벌어졌다. 번개의 칼날에 건축물이 붕괴하고 서로 간에 아비규환의 생지옥을 맛보면서 서로의 이상한 언어가 입술로 터져 나오자 모두 혼란이 야기되어 각자 다른 언어들로 제각각 흩어져 버리고 말았다.

하늘에 올라 점령군 노릇을 하리라는 별 참봉의 시도가 실패로 돌아갔고 육의 허기진 발걸음은 휘몰아치는 바람처럼 사라지고 말았다.

끊임없는 영과 육의 헤게머니 사건은 에덴동산 사건 이후에도 여러 전투 사례로 세계사를 얼룩지게 했다.

참고 문헌

- 김열규, 곽진석, 『한국인의 돈』, 이숲, 2008
- 권김현영, 『한국 남성을 분석한다』, 교양인, 2018
- 존 베이넌, 『남성성과 문화』, 임인숙·김미영 옮김, 고려대학교출판부, 2011
- 리처드 래저러스·버니스 래저러스, 『감정과 이성』, 정영목 옮김, 문예출판사, 2018
- 리사 펠드먼 배럿, 『감정은 어떻게 만들어지는가?』, 최호영 옮김, 생각연구소, 2017